别来沧桑事

周维先自选集

周维先／著

图书在版编目（CIP）数据

别来沧桑事 / 周维先著 . —北京 : 中国书籍出版社 , 2016.11
ISBN 978-7-5068-5971-4

Ⅰ . ①别… Ⅱ . ①周… Ⅲ . ①回忆录—中国—当代 Ⅳ . ① I251

中国版本图书馆 CIP 数据核字（2016）第 279250 号

别来沧桑事

周维先　著

图书策划　牛　超　崔付建
责任编辑　成晓春　张　娟
责任印制　孙马飞　马　芝
出版发行　中国书籍出版社
地　　址　北京市丰台区三路居路 97 号（邮编：100073）
电　　话　（010）52257143（总编室）（010）52257140（发行部）
电子邮箱　eo@chinabp.com.cn
经　　销　全国新华书店
印　　刷　三河市华东印刷有限公司
开　　本　650 毫米 ×940 毫米　1/16
字　　数　185 千字
印　　张　13.25
版　　次　2017 年 2 月第 1 版　　2021 年 1 月第 2 次印刷
书　　号　ISBN 978-7-5068-5971-4
定　　价　28.00 元

总 序

汤显祖逝世四百年了。莎士比亚也逝世四百年了。一个是中国戏剧大师。一个是英国艺术巨匠。

夜读“临川四梦”，让我神思悠悠恍然如梦。莎翁又令我亢奋而至于无眠。

莎士比亚写情的执着。汤显祖写爱的顽强。

罗密欧与朱丽叶可以为爱双双赴死，前赴后继死在了一起。杜丽娘却“情不知所起，一往而深。生者可死，死亦可生”。她竟然为了没有得到的爱又重新活了过来，回到一见钟情的地方，寻找那一个必定属于她的人。

是不是棋高一着?

生离死别，缘起缘灭。那缘，是可以超越生死的。

我没有研究过“比较文学”，但是，在虚心拜读之余，还是忍不住把两位大师比较了一下。

六十年了。

在前不见古人后不见来者的苍茫中，我追寻生命的原始。

在精神的王国里，生命不源于神秘莫测的大海、雷电中野性的山林、艳阳下蛮荒的原野。

生命始于爱。

爱生一，一生二，二生三，三生万象。于是有了你，有了我，有了爱和恨的戏剧。

我是爱的儿子。我因爱来到人间，也将为爱绝尘而去。最后归于尘土。

如今，我遥望着故土，遥望着故土上的老树。

老树摇曳着千年的岁月。我摇曳着满头的白发。

大树下，故乡人摇着扇子捧着紫砂，在月下，在风中，絮絮而谈，讲的是古往今来、前世今生……

掬水月在手，弄花香满衣。

——那是我祖祖辈辈繁衍生息的太湖吗？

那里有我的父辈、父辈的父辈……来自生命源头的梦。

那梦很长很长，长到无可言说，美到风华绝代。尽管我已然从白衣飘飘的少年变成了苍颜白发的老者，但是那林林总总多姿多彩的爱之梦，仍然逶迤而来，绵延不绝……

于是，我用爱，用生命，用灵魂，用一个又一个白天和黑夜，把一篇又一篇关于爱的故事写在了流水之上……

2016年6月22日草

8月26改于连云港　苍梧

·目录·

苍茫之爱

致有为

逝水墨痕

江水三千里
家书十五行
行行无别语
只道早还乡

伤 别

父亲去了。去得太早。去得太苦。他躺在那里，微睁着双眼。他还在等我。那眼神仿佛在问，老三为什么还没回来？

爸，我回来了。

话没出口，我已泪流满面。

我抬起他的上身。天哪，他竟然轻得像一片落叶，一支羽毛。我不敢相信，这是他吗？是那个辛亥革命烽火中冲锋陷阵的他吗？是那个横刀跃马雄姿英发的他吗？是那个轻轻一托就把我扔上天空，让我又哭又笑的他吗？

他离去的时候，我才二十六岁。可我跟他的缘分并没有二十六年。大学四年，远在长春，我很少回家。毕业后，流徙塞外，而且是最穷最苦最荒凉不过的鄂尔多斯。到他去世时，我们已有十年很少相聚。此前，在苏州艰难度日的20世纪40年代，他为了全家的生计，无日无夜奔波在铁蹄下的上海。

哦，那是怎样的童年时光啊！少了许多父爱，童稚的心似乎并

这是父亲最后一张照片。他眼神落寞，欲言又止，是不是想说道些什么？

不荒芜。

父亲四十六岁有了我。我是老生儿，又是三房兄妹中的老末，当然是他眼中的宝贝。生大哥时，他血气方刚，大哥挨打最多，爸爸下手也最重。而我是他的老疙瘩，打我时手抬得老高，落在屁股上却像是抚摸。

在我心目中，他是个俊朗英武而又透出几分儒雅倜傥的男人。开阔的前额下，挺拔的通天鼻两侧，一对刀眉与闪闪烁烁的眼睛相映生辉。他的嘴唇永远是红红的，好像蕴蓄着取之不尽用之不竭的激情。他带我去大澡堂洗澡时，我发现他的屁股上有两个洞。我很讶异，但终于没有发问。后来，妈妈告诉我，那是他腰间的盒子枪走火，把自己的屁股给打穿了。

二老身后齐刷刷站着三个儿子。大哥在本溪钢校负责教务；二哥在海军做射击参谋，还曾有所发明；老三走得最远，在遥远的荒漠小城一待就是十五个春秋。老儿子让你们操心了吧？

我曾经想象，少年周鸿宾如何踯躅在满清末年的宜兴。青春勃发的他，是不是常常望着墨绿的河水发呆。在那条流淌了千百年的河边，周家的祖先周处曾经为害一方。当他痛切地感到自己已跟猛虎蛟龙一样，成为宜兴百姓的心腹大患的时候，周处出了一身冷汗。他上山打死了伤人无数的恶虎，下水降伏了兴风作浪的蛟龙，用自己曾经作恶的拳头，成就了一个流芳千古的传奇。那便是京剧舞台长演不衰的《除三害》。

那时，父亲或许也曾久久地望着一片片帆影出神。对于他，帆就是神秘的远方，就是不可预知的未来。谁都无法想象，他的决绝，会令整个宜兴张口结舌，目瞪口呆。他在新婚之夜出走了。他头也不回，撇下红盖头尚未揭开的新娘扬长而去，登上了驶向远方的船，第一次扬起了他生命中一往无前的风帆。多年后，父亲起草的家谱里，在我母亲何美珠的名字前面，写上了一个叫夏氏的女人。

父亲就这样离开了故乡宜兴，从此再也没有回头。他选择了远行，选择了漂泊。他心甘情愿在漂泊中度过了山重水复回环跌宕的一生。

五十五年后，他在距离故乡千里之外的辽宁本溪谢世，像一片零落的枯叶，却没有落在故乡的土地上。“文革”后，他的荒冢竟无影无踪，不知去向。1995 年深秋，我在连云港黄叶飘飘的青龙山安葬母亲的时候，在她身边放了一张父亲的照片与她相伴，也不枉他们几十年风风雨雨中相濡以沫的旷世情缘。

其时，父亲已然在孤寂中等了她三十五年。

爸爸妈妈，在彼岸，你们重逢了吗？执手相看泪眼那一瞬，是否也曾无语凝噎？然后，还会像在哈尔滨新婚时那样，望着西厢明月，一个吹箫一个唱歌吗？还会乘着马车，赶着冰爬犁，兴致勃勃地去听京戏看无声电影吗？

父亲，你怎么也想不到，你的传奇会如此这般画上一个如此这般的省略号吧？

我的父亲 曾经的二哥

父亲有一个哥哥，一个弟弟，五个妹妹。他排行老二。三叔和姑姑们都口口声声叫他二哥。

这二哥可不好当。我奶奶在世的时候，在金坛教私塾的爷爷就纳了个小妾，晚辈都叫她新姨。爷爷手头拮据，爸爸既要寄钱养着这个小娘，还不得不挑起家庭的重担。

他不仅要管大学法律系毕业的弟弟，走到哪带到哪，还要在自己身边给他安排工作。更让他牵肠挂肚的，是妹妹们的婚姻和家庭。大姑妈虽然能干贤惠，把公婆伺候得妥妥帖帖，可丈夫仍长期住在外面，屡屡要把她休掉。三姑母才貌双全，闹着要留学日本，我父亲为她倾尽家财，还背了一身的债。学成回国后，嫁了个俊逸潇洒的白领，一时间兄妹们皆大欢喜。谁知姑父借口她不能生育，在外面另觅新欢，甚至必欲置她于死地而后快。五姑母年轻时也很漂亮。她倒是顺风顺水，无奈姑父过世早，留下一儿一女。而大儿子毛毛又在武汉走失，找了多少年，仍然下落不明。

三姑母带着梦想留学日本，归来后却遭遇婚姻悲剧。

几十年间，我们家都是一成不变的中心。不管在哈尔滨、在天津、在汉口、在长沙、在东台，还是在苏州、在上海，总归是亲人盈门，来来往往。

资质不俗的三婶，丢下三叔和儿子，独自下了南洋，从此杳如黄鹤。三叔只好带着我堂兄常住我家。从此，我妈多了一个亲儿子，而我，又多了一个亲哥哥。妈妈八十大寿时，年过六旬的他，带着全家，风尘仆仆从洛阳赶到连云港，在锦屏山下桃花涧边，恭恭敬敬举起酒杯，满腔赤诚地说了一句："感谢二伯母养育之恩！"

大伯父去世早，他的五个儿子和一个女儿，络绎不绝地到家里来，让我父亲帮着找工作。我至今仍然记得，那个名叫德先的堂兄，

三叔性格优柔，郁郁寡欢，妻子远走后，大半辈子跟随二哥四处漂泊。好在，晚年有俊哥、洁嫂照拂，心情大好。

才华过人，却得了痨病。他常常坐在马桶间一支接一支地抽烟。他脸色蜡黄，满头虚汗，看我的眼神总是那么忧伤而又绝望。那时我还不大懂得疾病和死亡，不知道怎样安慰这个深陷于痛苦之中难以自拔的堂兄。他死的时候很年轻。有什么办法呢？那年月，肺痨是绝症呀！

我唯一的堂姐吟秋，生得标致甜美，像个电影明星。我父母没有女儿，把她视如亲生。我曾画过一张她的头像，美术老师给我打了一百分。我比她小十五岁。吟秋姐把我当作小玩意。有一天，一个远房表兄约她到苏州五卅路公园喝茶。吟秋姐觉得有点蹊跷，便把我带在身边。那天，我第一次见识了什么是约会，什么是一厢情

三姑和五姑，一个内敛，一个开朗。虽已中年，大气中风韵依然。

愿，还在不知不觉间当了一回电灯泡。吟秋婉拒了远房表哥，嫁给一个又黄又瘦戴着深度近视眼镜的阴郁男人。那人第一次到我家来，就撞到弄堂的电线杆子上。他虽然喝过一些墨水，却经常深夜施暴。那时，吟秋住在苏州同益里前院，常常一大早跑到后院，向我妈哭诉。妈妈看到她身上青一块紫一块的伤痕，禁不住叹息再三。本来，我妈就没看好那小子，说此人面相不好，活不长。果然，没几年，姐夫一命呜呼，留下两男一女。堂姐几十年苦撑苦熬，把孩子们抚育成人。如今九十岁了，却孑然一身，住在上海虹口。过年了，儿子们送来两只菜便各回各家，让老太太一个人独自享用。嗐，我无法想象，吟秋姐在除夕之夜是如何咀嚼这无常人生的种种况味的？

吟秋姐，豆蔻年华，眼睛里洋溢着梦想，后来就有些惘然了。

2005 年，到杭州看望慈仪、慈祥两位表姐。花开正好，人却垂垂老矣。

那些年，大姑妈的儿女们，也常常从宜兴过来考学、读书、求职。慈仪表姐一进门就下厨烧火，空下来便搂着我，手把手描红。慈祥表姐在大操场上跑得飞快，脸蛋红扑扑的，大家都叫她小苹果。后来，慈祥跟着解放军南下，一去多年没有回头。慈仪留在宁静的姑苏，做了一辈子丝绸。一转眼两位表姐都八十大几了，叱咤风云的小苹果，脸上竟依然留着红晕。虽然贵为副省长夫人，隔个三年五载的，还会不辞劳苦，跑到苏北来看我。我也时不时地到江南去看看老姐姐们。

父亲故去后十年，我终于从鄂尔多斯调回江苏连云港。从那以后，我差不多每年都要找个空挡，在四处漏风的长途汽车上颠簸一宿，去杭州看望三姑母。再坐一夜的小火轮，到吴江看看大姑妈。三姑母跟费达生先生搞了几十年蚕桑，老来仍然形影相吊。保姆说，

家庭合影。只是父亲远去了……

我二哥缺席了。他把青春留在了长山岛……

她一年到头都不笑，只有我来的几天，天天都笑容满面。是啊，见到我，她的兴致就来了。吃饭时，总要打开女儿红，让我跟她对饮。一来二去，我们俩把一坛子酒喝了个底朝天。吴江大姑妈看到侄儿从远方来，小脚跑得飞快。一辈子围着七星灶转，还真烧得一手好菜。我去了，大闸蟹、炖甲鱼总归有得吃。表侄们更是兴高采烈。离去时，依依不舍把我送到码头，非要等到火轮突突突地开得老远才转身回家。五姑母远居湖南。我们离开姑苏，北上辽宁时，爸爸把一房美国黄花梨木家具留给了她。至今，那一船家具在苏州的河面上远去，渐渐融进雾中的情景，历历在目，恍如昨天。

果然是世上没有不散的筵席。父亲西去后，这个没有了二哥的家便散板了。

后来，大姑妈去了，三姑母去了，接着，五姑母也去了。我再也不能颠来荡去乘一夜长途汽车，再坐一夜小火轮去看望她们了。意兴阑珊的我，一天天远离红尘的纷扰，一天天在淡定平和之中跟岁月一同老去。

我常常想，那些年，我是父亲在天之灵的人间使者。姑妈们见到我，如同见到了二哥。他的音容笑貌举手投足在我身上时隐时现，给了姑妈们许多幻象，许多灵感。于是，在亦真亦幻的情境中，亲人们找回了生命中最值得回味的时光。

如今，他们在天堂里团聚了。我这个使者不得不卸任了。这么多年在姑妈间跑跑颠颠，一旦闲了下来，这份没着没落的孤独落寞，着实难以言表。

也许，繁华过后，都有一天会独自面对空空如也的世界。

在这个寂寥的世界里，除了缤纷秋叶般的人生碎片，还有什么可以回望的吗？

我的母亲　曾经的五姑娘

父亲在江苏宜兴望河兴叹望帆出神的时候，我母亲在水汽氤氲的浙江绍兴呱呱坠地了。

他们相差十七岁，几乎是两代人，十七年后却在距江浙几千里的高寒之地哈尔滨不期而遇了。这一邂逅不打紧，那个名叫何美珠的大家闺秀竟然与年龄比她大一倍的穷小子周鸿宾的命运永生永世连接在一起。

谁能说得清，这是鬼使神差？还是阴差阳错？是偶然中可遇不可求的狭路相逢？还是冥冥中真的有一个月下老人，抛出了那根把千里姻缘连接在一起的红线？

母亲出身于诗礼传家的书香门第。在满城都是绍兴酒酒糟气息的古城里，吃了几年香气扑鼻的梅干菜烧肉，喝了不少清清爽爽的鳜鱼雪菜汤，读了左一本右一本子曰诗云，也学了闺阁中谁也躲不过去的女红刺绣，便跟着满腹经纶的老爷子，从月白风清的鉴湖之滨来到了呵气成冰的哈尔滨。

二哥在父亲弥留之际与窦春芳以茶话会的形式代举行婚礼。我与任素斌一年后在母亲身边成婚。那时，大哥的孩子们已然人高马大了。

三个儿子一个侄子为老人家庆贺八十大寿

四个媳妇五个孙儿还有露了半个脸的重孙

母亲是老六。前面还有四个姐姐。她生就一副浓眉大眼，跟我外公如出一辙。当年她大哭大叫着来到人世，一双毛嘟嘟忽闪闪的大眼睛便把我外公哄得滴溜溜转。稍长，手边少不了一管洞箫，几卷诗书。我外公何枚生来到冰城不久，便出任教育局长，还出版了不少著作。在这样的家庭里耳濡目染，母亲身上除了与生俱来的男子气，还熏染了风雅不群的书卷气。那时，虽然皇帝已经逊位，革命党坐了天下，可是女子大多深居闺中，很少有人进洋学堂读书。母亲坚持要进。非进不可。怎么劝都不听。外公便让她进了幼儿师范。或许就因为如此，她身上多了几分旧式女子没有的新潮和时尚。

母亲的四个姐姐有两个是大太太生的。四姐妹少不了言高语低。母亲从小沉默寡言，与姐姐们倒也相安无事。自从她妈妈生下老五，家里就不太平了。那老五虎头虎脑，又从娘胎里带来一把前所未有的小茶壶。外公喜出望外，宠爱有加。大姐没有娘，更觉得自己受了冷落，竟然乘老五熟睡，在蚊帐上点火，差一点要了孩子的性命。外公盛怒之下，把老大丢在了绍兴，以免到了哈尔滨再生是非。

在哈尔滨幼儿师范，一个姓吴的年轻人曾与母亲何美珠狭路相逢。匆匆一瞥，竟然有了说不清道不明的好感。母亲那时才十二三岁，懵里懵懂，尚不知情为何物。深度近视的四姐，看什么都模模糊糊，却把小吴看了个明白。非要把媒人给她介绍的男子与五妹交换。这时，情窦未开的何美珠，倏然发现了小吴的价值，还没来得及拒绝，性急的四姐就自说自话找到了小吴。吓得小吴不知如何是好，不久便从哈尔滨消失了。吴家扬言小吴已死。母亲为此暗自神伤，心头却难以抹去那个在人生路上匆匆一瞥的英俊少年。

几年后，由朱庆澜将军做媒，十七岁的何美珠嫁给了三十四岁的周鸿宾。本来，母亲对朱将军的部下，参加过辛亥革命的军人，抱有许多幻想。这些幻想，大多出于她当时读过的英雄与美人的故事。婚礼那天，江浙闽粤会堂一带万人空巷，嫁妆拥塞在街头巷尾。可当她在婚礼上蒙着红盖头，听到司仪报生辰八字，才倒吸一口冷气，原来自己被嫁给了一个比自己大一倍的男人。进了洞房，一口气上不来，就昏厥过去。周鸿宾到底是革命军人，立即口对口呼吸进行急救。谁能想到，当何美珠醒来，看了周鸿宾一眼，就无可挽回地爱上了他。

从此，她跟着他走南闯北，跟着他背井离乡，跟着他历经战乱，跟着他大起大落，甘苦备尝。

1926 年，在哈尔滨松花江畔，生下了长子周绍先。

1932 年，在湖南长沙刁楼子公馆，生下了次子周绪先。

1937 年，在江苏东台码头上，生下了最后一个小子周维先。

生绍先时，胎儿太大，她为此挨了一剪刀。此后，二姐出嫁时，家道已然中落，母亲毫不犹豫把嫁妆原原本本都给了二姐，也让同父异母的姐姐有了一个称得上体面的婚礼。

最最生不逢时的就是我了。1937 年，我来到人世二十七天，日本鬼子便在卢沟桥发难。

于是，一切都变了……

依约当年

（一）

我家祖居江苏宜兴东庙巷，父母却把我生在以鱼汤面著称的东台。就在这座被誉为金东台的小城，我度过了呱呱坠地后混混沌沌的三年。一片混沌之中，模糊地记得常常被抱到码头上附近的大操场看操练。大兵或小官会过来摸摸我睡扁了的大头："乖乖隆的咚，这是什呢头吵？"余下的便是一片迷雾般的空白。

然而那空白，时时被日本飞机俯冲轰炸的强噪音撕碎。我陡然看到母亲将我一把拖过去塞到八仙桌底，匍匐在妈妈身下感受大地的震颤和抽搐……轰炸后，母亲拉着我来到被燃烧弹炸得火焰四起的防空壕边，寻找父亲和哥哥们……后面的场景便是在苏北的田埂上落荒而走，成为难民中一个狼狈不堪的小小群体。

在长江上，我们全家乘着一条小篷船。一听到日本巡逻艇的声音，爸爸连忙把装有军装的箱子沉入江中，妈妈在灶上摸一把锅底黑抹在我脸上。我至今不明白，不是花姑娘，抹了黑，能防御什么？如果不分老幼格杀毋论，黑脸孩子岂不更令兽性十足的鬼子顿起杀机？

终于漂到了苏州。姑苏城宁静如世外桃源。人们悠闲地踱来踱去，好像世界上没发生过任何事情。爸爸在紧傍沧浪亭的船舫巷一号，一座有天井的小小二楼，租了几间房子安了家。于是乎，石砌小巷，石库门民居，拱形石桥，还有江南水网无日无夜的欸乃之声，掀开了我孩提生活崭新的一页。

可是日本人已然来了。苏州的宁静顿时显出几分狰狞。上学路过日本人住所，会放出狼狗来咬。我曾被气势汹汹奔突而来的大狗撞倒，吓得泪流满面。小学的课程表也不由分说加进了日语。我学吴语很快，念日语却毫无兴味。不知道从何时起，我这个小毛孩子已感知了亡国的屈辱。那时，在大哥的影响下，我以为：对入侵国语言的抵制就是爱国，就意味着没有背叛吾土吾民、列祖列宗。

后来，美国人又来炸日本人。可炸弹是不长眼的。沦陷区的中国小百姓自然在劫难逃。听说上海大轰炸，母亲便带着我和二哥去沪上找爸爸。在爱多亚路重庆路窒闷的阁楼上，我常常半夜三更从睡梦中惊醒，缩在母亲怀里，听炸弹在近处爆炸的声音。

轰炸过后，迎来了“八·一五光复”。

现在的孩子无法想象什么叫光复。光复对于那时的我们，何止于收复沦陷的国土？我不知道如何用语言描绘那种从天而降的突变。一夜间，周围的一切豁然开朗——卑微的亡国奴变成了有尊严的中国人！目瞪口呆，大喜过望，涕泗交流，整个一个天翻地覆！昨天还威风凛凛趾高气扬的日本人，今天低眉顺眼，哭丧着脸，像过街老鼠，被上海市民追打，被石块砸得鬼哭狼嚎。我生平第一次感觉到什么叫扬眉吐气，什么叫挺起胸脯做人。我忘乎所以地追随几近疯狂的上海市民，在大街上漫无目标地奔跑、欢笑、歌唱。一眼望去，几乎每一辆脚踏车、黄包车、三轮车、小汽车、黄鱼车、有轨电车，都插上了中美英苏法国旗，几乎每一个人都在用各自不同的方式，不可思议匪夷所思的方式，尽情地释放自己。

正是在那些日子里，我第一次看到了苏联电影：《斯大林格勒大血战》和《战后早晨六点钟》。哦，那也是我生命中的六点钟，像亮丽的红日活鲜鲜地冒出地平线。从那时起，我忽然觉得自己在战乱中长大了，成了一个不再是孩子的孩子。

没有依恋，也没有惋惜。我的童年，在华夏大地普天同庆的爆竹声中，在四万万五千万同胞悲喜交加五味杂陈的欢呼声中，落下了帷幕。

（二）

我呱呱坠地那天，母亲伤心地哭了。连生了两个儿子，第三个便希望是个知冷知热贴心贴肺的女儿。怀上我以后，母亲掐着日子算，做了许多女孩穿的衣服等我出世后享用。鄙人落地后，接生婆报喜，母亲差一点晕过去。看来，我有点生不逢时。

不知从什么时候起，我这不受欢迎的臭小子成了享受最惠国待遇的小宝贝。晚上睡觉，爸爸妈妈总把我放在他们中间。妈妈的体温，爸爸的气息，使我好梦连连，常常到太阳晒腚还不肯起床。必得爸爸呵痒掏鸡窝才肯起来。都说我小时候虎头虎脑憨态可掬，很逗人怜爱。东台人做得像老虎爪子一样的金刚跂，是我最喜欢的点心。

但常被我大哥从手里骗走。前几年去盐城参加笔会，我还应约为《盐阜大众报》写了篇短文，记叙儿时吃金刚跌的意趣。

到了苏州，家境一天不如一天。早饭偶尔可以吃到大饼油条。大哥照例要哄我：“我给你咬个月牙。”一转眼，我的大饼被吞噬大半，成了锯齿形月牙。我不但不恼，反而很欣赏大哥的作品。

见我开心，大哥又说：“我给你咬个钢叉。”

我又把月牙形的饼捧给他。眨眼工夫，月牙尖又少了一大块。我一点不悔，反而喜出望外。

大哥意犹未尽：“我再给你……”

这时，妈妈出现了。作为维和部队，唯有她主持正义。二哥、阿俊都笑而不语。傻乎乎的我，不明白妈妈做啥要多管闲事？我常对她的干涉大不以为然。

可是无论如何，小儿子总归是最得宠的。早饭后，妈妈拎起放着一杆十六两老秤的菜篮子，少不了带上我。即使不带，我也会自己嗲上去。玄妙观是必不可少的。妈妈不去，我也会连拉带扯地赖着她。在玄妙观前，一看到烤梅花糕的炉子，我就像秤砣一样坠住妈妈，直盯盯看着糕饼师傅如何把稀面浇进上大下小的钻石形模子里，加上稀溜溜黏糊糊的豆沙馅，再撒上青红丝，在炉子里烘烤。我眼巴巴地等待出炉的一刻，其间不知要咽下多少口水，直到小手里捧着滚烫的梅花糕，轻咬花瓣一角，吸一口溢出来的豆沙，才肯离去。那豆沙的香甜软糯，那桂花的沁人香气，便深深烙印在我童年的记忆里。

俗话说记吃不记打。我可是吃也记，打也记。母亲只咋呼不打，顶多拎起鸡毛掸子绕屋子追我，吓得我直叫。父亲的打，也只挨过一次。错误事实和性质已忘，只记得把我压在他两腿上，撩起开裆裤打得噼啪响，却并不太疼。不像打大哥那么用力。

挨了打，还是想着吃。谁叫我三生有幸，来到了以会吃著称的苏州城呐！苏州的美食数不胜数，陆稿荐酱肉堪称一绝。那酱肉肥而不腻，到嘴就化。此后我走遍全国，再没有吃过如此美味的酱肉。说到酱肉，我不由得想起住在蔡汇河头时，房东端木先生的老娘，每个月一收到汇款，第一件事便是打发老八给她买酱肉，以弥补天天吃捞不到面疙瘩的疙瘩汤造成的亏损。可那酱肉吃下去才一袋水烟的功夫，老人家便会突发惊呼："哎呀呀，勿好哉……"还没找到马桶，就稀里哗啦了。尽管教训十分沉痛，她每月还是要大吃一顿酱肉，然后发出"哎呀呀，勿好哉……"的呼救。由此可见陆稿荐酱肉的诱惑力是多么难以抗拒。

当然，早晨如果能吃两只一咬一包水的肉汤团，或在餐桌上发现居然有垫着荷叶的青团子，我总会向母亲眉飞色舞，甚至特许她在我脸颊上多亲几下。

下午四点钟，小吃挑子停在巷口或门前，扁尖线粉鸭血汤的诱人气息远远飘来，令我垂涎不已。夜静时，短促的梆子声一响，我会情不自禁地叫起来："卖糖粥的来啦！"哦，那暗紫色的黏稠的赤豆粥还没吃到口，桂花的香味就把人醉倒了……

为了这些价格低廉的大众美食，我常常跟妈耍赖。只要不是囊中羞涩，妈妈总是满足我，让我享受风卷残云的快乐时光。

是的，那是个除了吃和玩什么都不想的时期。但在人生之旅中，它实在太短暂，短暂得像夏夜的流星，只那么一闪就过去了。

（三）

于姑苏城跨进建平小学高高的门槛时，我才五岁，全班最小，连裤带都不大会解。那时穿的是如今早已进了博物馆的老式免裆裤，那拧成麻花状的裤带，腰里系一根，脖颈上还吊着一根。保险系数是足够了，可对于孩子，程序可谓相当繁复。加上学前基训荒疏，难免稀里糊涂。

那时的先生对学生常常持不信任态度。谁要是内紧，必先举手，等先生讲到一个段落，才慢悠悠地踱过来，先看小脸是否变色，再叫你伸出舌头，瞧瞧是否打颤。如此斟酌再三，才批准出恭。有一回，我因初审复审均未通过，咬牙切齿撑到下课，直奔茅厕，慌忙中裤带拽成死扣而终至失禁。放学后竟忘了这一关系到个人体面的重要关目，大大咧咧地到同学家串门，嬉戏时忽觉有异物落地，才大梦初醒，一溜烟逃回家去。

那阵子好洒脱！除了玩，什么都不晓得，不过我玩得还算文气。跳跳绳子，打打弹子，踢踢毽子，再就是过家家、斗蟋蟀、抖空竹、放风筝什么的。稍大些，便喜欢四处漫游：一会儿溜到狮子林钻假山，一会儿窜进沧浪亭苏州美专看外国石膏像，一会儿躺到南园田埂上看缤纷的彩蝶，嗅野花的清香。也有疯的时候，看到人家在南园城墙下大草地放野火，便也烧上一把，火烧大了，好像自己也成大人了。

可是这一切都不能将我儿时的激情推向峰巅。在那岁月里，我最大的愉悦，莫过于看电影。那阵子只有无声片，在一个没有声音的世界里，人们只有靠夸张的形体动作和面部表情去描述一个不一定完整的故事，因而总是在竭力推向极致，要么乐得你前俯后仰，要么吓得你屁滚尿流。

第一部有声片是在“大光明电影院”看的，片名叫《红毛女僵尸》。那场景实在是太刺激了。最让人毛骨悚然的是：一个女尸忽然站起来，在停尸房里发出“起来……起来……”的呼唤。转眼间，一具具尸体纷纷坐起来，跳到地上，扑向一间跳舞厅。我跟银幕上跳舞的人们一起发出尖叫，没命地从黑暗的影院里跑出去。那突如其来的大踏步后撤，令举座震惊，也成为全家的笑柄。

后来看的多是周璇主演的《梅妃》之类的片子，周小姐一下子成为我孩提时代最早的偶像。五岁时，我从信封上撕下一张旧邮票，给在上海做生意的爸爸写了一封信，要他给我买周璇在某影片里穿的漂亮衣裳。这封贴着旧邮票的信退回来后，我又一次成为大家谐谑的对象。

尽管洋相迭出，我还是势不可当地成了一个无可挽救的影迷加戏迷。不知不觉间，我每天活动的中心，转移到了苏州的北局。苏州北局，那是什么地方？简直就是中国的百老汇呀！在那里，“大光明”和“苏州”两家电影院只隔着一堵墙。斜对面是京腔京韵的“开明大戏院”。而“东吴书场”跟“开明”只隔着一条不宽不窄的弄堂。不过，对于我这种小不点，评书如同天书，那是老古董们呷着清茶嗑着瓜子慢慢品味的玩意。我的去处是两家影院和一家戏院。

如果说，苏州北局是我最初的艺术摇篮，似乎一点也不过分。从“光复”后到解放前短短几年中，我看过的好莱坞影片数以百计。喜剧明星劳莱、哈台，冰舞皇后宋雅海妮，歌王平克劳斯贝，美人鱼伊漱蕙莲丝，西部好汉强霍尔……至今仍能如数家珍般地报出一

虽然还是孩子，却已经亲历了燃烧弹大轰炸、举家逃亡、长江遇险、城门搜身等不可承受之重……

红领巾点燃了我压抑已久的激情，在苏州市中国少年儿童队成立大会上，我不顾一切，从楼座跑到楼下，穿过整个剧场，蹦到舞台上，风风火火地向上千人发表了我人生中第一篇自由感言。

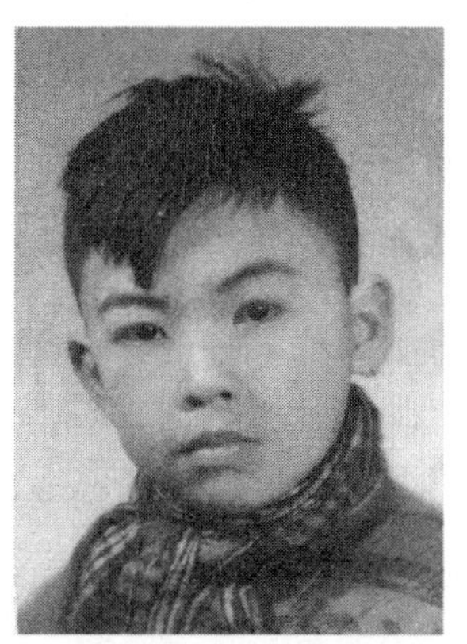

在苏州北局，装了满脑子的好莱坞。偶然打开爸爸的书箱，便又迷上了外国文学名著和中国现代剧作家。从此，我便成了梦中人。

串名字来。一直到《八千里路云和月》《一江春水向东流》《万家灯火》等影片出世，我才把目光投向国产电影。

“开明大戏院”则主要演京剧，来的常常是京沪名角。我不能说场场光临，也可以称得上最佳观众。没钱买票，或从后门偷偷溜进，或在前面抽冷子闯。当然也难免发生被拎出来教训一顿之类不愉快的事，我的情绪从未因此受到过影响。“光复”后，伤兵看戏不要钱，我便出了新招：从家里偷一支烟、一盒火柴，给伤兵递过烟、点上火，荣军老爷便高高兴兴地把我带进戏院。

父母为我犯愁：一放了学就看戏看电影，将来怎么会有出息？便苦口婆心劝诱我读书，甚至出台了物质刺激的相关政策。我竟然不为金钱所动，继续做我的发烧友。也不知什么时候，在什么情况下，我偶然发现家里有几本外国名著选本。出于好奇，我捡起来读了几页。这一读不要紧，那里面大人国小人国的故事逗起了我的兴趣，越读越来劲，越看越上瘾，从此一发而不可收，成了个嗜书如命的“书读头”。

暑假里，我钻进公园附近的苏州图书馆，读了格林、安徒生，一口气涉猎了三四十个话剧剧本。我恍然大悟，那些戏文原来是作家写出来的。我一下子对陈白尘、田汉、洪深、宋之的这些剧作家崇拜得五体投地。对艺术创作的幻想，也就在不觉中悄然占据了我童稚的心。我不敢奢望成为田汉那样的大家，却暗暗希冀有朝一日能像同院的大哥殷乃成那样，登台公演《甜姐儿》《升官图》，或者像蓝马那样走上神奇的银幕。那我就算没白活一世啦！

很可笑吗？哦，现在想来，是忒也痴迷了。话又说回来，倘不沉醉至此，又怎么会在这条荆棘丛生的小路上似梦似醒若明若暗地走了大半辈子呢？

（四）

悲欢离合，荣辱沉浮。红尘中的人谁也离不了这八个字。有人认真，便活得很累。换个文雅的说法叫执着。有人散淡，看上去忒潇洒。是不是真洒脱，还是在硬做，做得比执着的人还要累，那只有自己心中有数了。戏剧其实也不妨看成是一种游戏。观众脱口而出的评语往往是“好看”“好玩儿”，那么，是不是编戏、演戏的人应该格外地会玩儿、会游戏、会潇洒呢？

在没接触斯坦尼之类严肃戏剧理论之前，我爱戏，渴望演戏、编戏。首先是好玩，叫人疯狂，叫人着迷，着迷到上课时眼睛盯着先生，心里却在过《阿里巴巴和四十大盗》《血滴子》《月宫宝盒》……

先生发现我的戏剧才能，是我从上海转学到苏州振声中小学那阵子，大约四年级下学期。一次，《国语》课先生问我，能不能把课文演出来。我被问蒙了，傻乎乎地笑了笑，怯生生走到讲台前，定了定神，便随手做着妇人切菜的样子，招呼儿子上街买酱油。我一个人又反串母亲，又扮演糊涂儿子，把《马虎买酱油》的故事渲染得有声有色。先生和学生人人捧腹，有的还乐得东倒西歪。

先生从此对我刮目相看，不久便下达任务，让我把《皇帝和乞丐》改编成独幕剧，圣诞节在大礼堂为全校师生演出。说来好笑，那时的改编，哪里有脚本？我跟演皇帝那小子在一起商量好：你说什么，我说什么，怎么演，怎么弄，就算一出戏了。不过就这样还是很轰动。

我一夜蹿红，成了学校里的明星。这让我有一点春风得意，还有一点不知所以。

我几乎成了振声中小学不可或缺的人物。但是，这所教会学校学费实在太贵。小学毕业时教务长一再挽留，希望我升到初中部。无奈家境窘迫，只好投考坐落在沧浪亭对面的吴县县立中学。

在县中，我落寞了一阵子，但很快就如鱼得水了。那里的高中生十分活跃，还搞了一个“野草诗社”。我常去玩，他们便叫我“野草小朋友”。那诗社和草桥中学的“田间图书馆”过从甚密。我也就在图书馆的书架上第一次看到了长大胡子的马克思、恩格斯。

高中的大哥哥们很喜欢我这个到处乱窜的小家伙。他们教我唱《你是灯塔》《山那边呀好地方》，还教我跳新疆舞《小鸟》《天山之歌》。回想起来，最痛快的莫过于围着篝火跳“团体舞”了。那感觉着实难以形容。张扬？恣肆？叛逆？疯狂？哦，天哪！所有的人都肆无忌惮地扯着嗓子高唱：“我们是姐妹兄弟，大家团结在一起……”在风生水起兴会淋漓的时刻，我最怕那手挽手的欢歌狂舞戛然而止，一门心思希望永无终结地跳下去唱下去，永远和大哥哥大姐姐们欢乐在一起……

解放军进城那天，我正拎着空空的米袋去借米。穿着二尺半的子弟兵静静地坐在街边休息，和气可亲，秋毫无犯。第二天举行的解放军进城仪式，让我永生永世难以忘怀。那是我所见到过的苏州人民最真诚的节日盛典。我和野草大朋友们，在波涛汹涌的人山人海中，扭着秧歌从城里到城外，又从城外到城里，扭了一整天，竟然一点都不觉得累。随之而来的是一连串敲锣打鼓欢天喜地的日子。九年来，我第一次看到，软绵绵文绉绉的苏州人，突然间变得如此争先恐后，如此容光焕发，如此热烈奔放，如此忘乎所以！

庆典后，大哥大姐们变戏法似的都换上了二尺半，英姿勃勃地随军南下了。我这才知道，这些疼爱我的大哥大姐们都是地下党。临行前，他们在我小小的纪念册上写下许多勉励的话，祝愿我努力奋斗，有朝一日能成为人民的艺术家。

在那些激情燃烧的日子里，解放军文工团腰鼓打得我心花怒放。从此，我又迷上了腰鼓。家里虽穷，却仍不惜以两斗半米的代价给我买了一只腰鼓。那腰鼓打了好些年，从苏州打到本溪，伴我度过了难忘的少年时光。

在腰鼓声中我成为苏州第一批中国少年儿童队队员。在北局新艺剧场举行的入队仪式盛大而又庄严。自由发言时，我竟然高举右手，自告奋勇，从二楼跑到楼下，健步如飞，上台讲话，一点都没有怯场。可惜，那场面，那情景，爸爸妈妈都没有看到。如果身临其境，他们一定会为我初生牛犊不怕虎的气概感到自豪。当然，爸爸妈妈都不会忘记我被请到苏州人民广播电台演唱我在县中一炮而红的节目。当电波传送出由我反串的《王大娘补缸》，我不知道爸爸妈妈俯在收音机前倾听时，是否带着含泪的微笑？

其实，那时我已不再满足于风风火火的舞台演出，悄悄地拿起笔，开始了我最初的剧作生涯。那处女作的篇名叫《暴发户的下场》，是按照部队文工团演出的活报剧模式写的。写的是 1948 ～ 1949 物价飞涨，民不聊生，资本家囤积居奇，发国难财的故事。写作时十分激动，几乎是一气呵成的，起码有三千字，其时为一九四九年四月二十七日，解放军进城的第四天。

那剧本既没有投稿，也没有上演，大约是在举家北迁时，丢在醋库巷胡律师的小楼里了。

（五）

到了苏州，父亲就丢了饭碗。家里又没啥老本好吃。渐渐地我们也过起了沦陷区底层人的生活。吃的是爬着蛀虫的配给米。配给面疙里疙瘩，像发过酵似的，酸味扑鼻。房东家本来就仔细，上顿下顿都是稀溜溜、酸滂滂的面疙瘩汤。房东太太吃光了还要用食指刮一遍，然后再用舌头舔个溜干二净方肯罢休。

从此，吃饭于我，再没什么乐趣可言。

爸爸有个老同事是美国留学生，劝他不要坐吃山空，坐以待毙。他们又都不愿给日本人做事，于是决意“下海”。那弄潮的去处，竟是竞争激烈、强手如林的上海。

开头，他们合股开肥皂厂。谁知出师不利，没支撑几天，就关门大吉。爸爸股份最少，只分到一箱肥皂。

那时，上海开始时兴鸭绒被褥，他们又闻风而动，不失时机地办起了鸭绒厂。还请了个小明星，风姿可人地睡在鸭绒被里做广告。这在当时，噱头不可谓不足了。可最后还是以倒闭告终。聊可自慰的是分了两条鸭绒被和几丈布。母亲把那些布裹在二哥和我身上带回苏州。下火车后，进苏州平门，日本鬼子是照例要搜身的。我和二哥被小鬼子一阵紧摸后，带着一身虚汗顺利通过。此番历险，总算在亡国奴生活里平添了几分阿 Q 情趣。

两次办厂均遭惨败。可日子总还要过，饭是不能不吃的呀！同人们分析了市场情况，决心再度携手，联袂开办酱油厂。是呀，城里人每天都离不开酱油。就连舍不得买菜的房东，面疙瘩汤里，还要拌上点酱油压压酸味呐。这买卖应该是必赚无疑的了。但是当我再一次来到重庆路 93 弄 78 号的时候，才发现，只有天井里几口做酱油的大缸，是唯一可以给股东们瓜分的资产了。

前方失利，后方吃紧。眼看日子过不下去，母亲只有横下一条心，与房东太太一起下海。

母亲出身书香门第，算得上是名门之后。她如今不得不放下身段，在“大光明电影院”墙边摆起烟摊来，真可谓拔了毛的凤凰不如鸡了。好在她这人散淡得很，抛头露面地卖那些“美丽牌”“老刀牌”“强盗牌”香烟竟也满不在乎。尽管生意清淡，每天只能赚有限几个钱，餐桌上加个把小菜是不成问题的了。那一带本来就是我课余活动的中心，我便常常在溜进电影院前后陪陪“练摊儿”的妈妈。

晚上无戏可看的时候，便在小天井里凑热闹。炎夏难当的日子里，那是唯一可以纳凉聚会的地方。成员嘛，少不了房东的独女，那个长着高挑个儿的“黑美人”，还有房客殷家白净而书卷气的“殷妹妹”。她大哥忙于外交、演戏，很少加入纳凉大军。再就是我们哥仨。我大哥当时已在上海读工专，出落得跟父亲一样帅，于是便成为当然的男一号。房东挖空心思要玉成黑美人和大哥的好事。而大哥却把目光投向带着金丝边眼镜的小家碧玉。所以小天井里便暗流涌动，说笑间常常传递出许多意在言外的信息。一次，我无意中翻开了大哥丢在床上的日记本。他大发雷霆，还动手教训了我。现在想来，一定是侵犯了他的隐私权。

罗曼蒂克的沙龙聚会，只不过是沉重的奏鸣曲中一个短短的华彩乐音。因为买不起学纺织必备的制图仪器，大哥曾痛哭流涕。又为了保证他这个重点，父母曾考虑让我和二哥辍学。

终于，烟摊遭了贼，连老本也贴了进去。我和二哥在百般无奈中，也到市场中去学“游泳”了。真是天晓得！一个对生意经一无所知的初中生，领着我这个满脑子戏文的小学生，在观前街叫卖“袁大头”（铸有袁世凯头像的银元），那到底叫无厘头喜剧，还是令人啼笑皆非的悲剧？两个嘴上没毛的小角色，哪里领教过黑道上“炒汇”的绝活？哥儿俩在熙来攘往的大街上，高一声低一声叫卖了三天，手里的“袁大头”销售额等于零。只好灰溜溜回家，捏着鼻子去喝酸滂滂的面疙瘩汤了。

嗐，记忆实在是世界上最莫名其妙的东西。虽然只在街头叫卖了三天，虽然时光已经流逝了大半个世纪，我仍然无法忘记，我向顾客撞击银元以证明它是真货的情景。那银币留下的余韵，常常在我半梦半醒的时候悠悠响起，叮咚于耳，绕梁不去……

（六）

在黯淡枯寂的冬日里。最盼望的是过年。捱到过年，大青鱼是少不了的，或爆腌，或风干，或熏炙，或酒糟，可以翻出许多花样来。这些花样，只有春节时才精彩纷呈，令我既饱了眼福，又饱了口福。在我的记忆中，那青鱼，不论是祭祖还是年夜饭，都荣任领衔主演的大腕儿。

爸爸是新派。祭祖却从没有忽略过。经济再拮据，囊中再羞涩，也要在供案上摆足七荤三素。鱼必是整鱼。鸡必是整鸡。然后点燃一对蜡烛、一炷香……那虔敬肃穆的神情，在三百六十五日中，只有这一天我才能在父亲的脸上看到，故而至今历历如在，恍如昨天。

一切就绪，父亲端立案前，静默有顷，深深一躬、一躬、又一躬。

之后，按长幼为序，我们一个个也都十分恭谨地在案前三鞠躬。头是绝对不磕的。这在宜兴、苏州的祭祖仪礼中也算是别具一格的了。

现在想来，那祭祖活动固然带有某种迷信色彩，却也为年节渲染了一种思亲怀旧的氛围。在很少开会举行首发式的当时，那几乎成了国民生活中不可或缺的仪式性体验。

正月十五到观前看灯，当然是兴味无穷的一大乐事。本来，国难当头，家道中落，观灯只不过是苦中作乐而已。不知忧愁为何物的我，却叫着喊着要把那些花灯、动物灯、画着历史人物神话传说的走马灯都带回家，挂到我家门前、天井、堂屋和居室里。但最终妈妈只能给我买一只安着四只木轮的兔子灯，点亮肚子里的小蜡烛，拖着它，在石子路上颠颠簸簸、忽忽闪闪的回到家里。妈妈看到我兴奋而又满足，她因此也就非常欣慰和满足。

我不知道人世间有多少关于母爱的故事。这故事古往今来的文学家恐怕永远都难以穷尽。

父亲一直深深怀念他的母亲。不管家搬到哪里，第一件事便是把我祖母的画像挂到墙上。或许是血缘的关系，我常常在像前凝神而立，久久不去。祖母聪慧的前额、温柔的眼神、秀美挺直的鼻梁、薄薄的欲语又止的双唇，不知引起过我多少遐思。可惜她只活了五十多岁，我又是父亲的老生儿，自然无缘见到她，更没有领略过"肉生肉，疼不够"的情味。于是我便在凝眸画像时去找感觉，那感觉却每每悠悠而来，使我渐渐沐浴在一片温馨宁静超越时空的母爱之中。哦，祖母，您实在太美了，倘若我不是几房孙儿中的最后一个，也许在人生之旅之中会留下你我都难以忘怀的篇章吧？

唉，那时我只晓得父亲长得最像祖母，也约略知道祖母在众多子女中最疼爱我父亲，其余便一无所知了。

直到最近，在父亲故去三十年之后，母亲才给我讲述了在画像背后雪藏了八十年的故事。那阵子，父亲二十刚出头，这在当时已到了男大当婚的年龄。祖父祖母在宜兴为他定了一门亲事。经一再催促，父亲才回故里完婚。谁知进了洞房，父亲发现自己面对着一个他无法忍受的女人，更谈不上在一起白头偕老了。第二天近午了，新房仍不见动静。祖母命两个姑母进去察看，只见新娘一个人在嘤嘤啼哭，父亲早已无影无踪。自从那夜乘船逃离宜兴，父亲便杳如黄鹤，音讯全无。新娘等不来丈夫，只好回娘家。祖母天天想，天天哭，总也盼不到父亲寄回来的片言只字。几年后，祖母郁郁而终。离开人世时，最不放心的当然是这个离家出走再不回头的老二。

从此父亲心头也留下了永难愈合的创伤。他一生奔波，浪迹天涯，却始终丢不下对生母的怀念和歉疚。直到他临终时，祖母的半身像还挂在他卧榻一侧的墙上。在他弥留之际，祖母一如既往地向他投去温柔的一瞥。

其时，父亲已被病魔销蚀得轻如落叶。叶落归根，根在哪里？或许，正是我祖母的温柔一瞥，才让父亲终于放下了生命中难以割舍的一切，了无牵挂，安然离去……

沉默的父亲

一

父亲晚年的时候，总是默然无语。要么为孙子忙这忙那，要么戴上老花镜，一张报纸看半天。他最不放心的是我。这不仅因为我是他 46 岁才生下的老疙瘩，而且大学一毕业，就被打发到遥远的鄂尔多斯，那个千里之外的不毛之地。

在我心目中，父亲不是那种婆婆妈妈的小男人。可是到了风烛残年，他变了。多年来，他心上压着一块石头。那石头，越来越沉，甚至成为他生命中不可承受之重啊！可是，许久许久，我对这块石头的存在一无所知。

1963 年洪水肆虐的夏日，他默默地去了，连一声叹息都没有留下。那时，癌症已经狠狠地折磨了他两年。从吞咽困难，到只能喝菜汁牛奶，到滴水难进，他终于在隐忍中消耗殆尽。

那年，天像漏了一样没完没了地下。火车不紧不慢地带着我从北京出发，在滔滔洪水中绕了好大一个圈子，总算绕到了辽宁本溪。父亲已离去一天，还睁着双眼，等待我这个他最放不下的老疙瘩。

三十四年后，我第一次带着妻子回到祖籍宜兴。在老家，我逢人便打听东庙巷。可惜，东庙巷已然拆除，那里矗立着一座大菜场。我很扫兴。但是，周王庙还在。据说，由此东行便是周氏家族的旧居。

旧居里的往事，早已风流云逝，留下的只有一些点滴和碎片。在三兄弟五姊妹中，父亲排行老二，是我祖母的最爱。在父亲青春勃发的年龄，我祖母倾其所有，为俊朗潇洒人见人爱的周鸿宾，吹吹打打乒乒乓乓，用一顶花轿迎来了夏家姑娘。父亲按照既定程式，认认真真演绎了一遍，把新娘领进洞房，既不掀盖头，也不出去敬酒，只是闷闷地坐着，一直坐到夜深人静，所有闹腾的人都已散去，他才脱去新郎官喜服，不辞而别，连夜逃出了宜兴城。从此，父亲成为名闻遐迩的叛逆。在二十郎当岁的时候，便轰动了小城宜兴。乡邻们百思不得其解：门风严谨的周家，怎么就出了这么一个异端？

夏家姑娘寻死觅活，我祖母更是心如刀割。爱子在洞房花烛夜一走了之，让她颜面尽失，也给她留下了永远的伤痛。几年后，她在爱恨交加的纠结中郁郁而终。

我没见过祖母，但我确信她是个美丽贤淑的女人。从东台到苏州再到本溪，不管家搬到哪里，祖母的画像总归会挂在父亲卧室的墙上。那个额头宽阔，眼睛秀美，梳着乌黑发髻的中年女人，嘴边总是漾着似有若无的微笑。我常常隔着遥远的时空跟她久久地对视，用眼神默默交流，每每都能品味到她春水般的温润和慈爱。祖母，我爱您，可惜我出生太晚，我们无缘相见。父亲一生都在为您而悔而痛，一直到生命的最后一刻，他的床头还挂着您栩栩如生的炭笔画像啊……

沉默的父亲永远沉默了。谁能告诉我：在最后的岁月，最后的日子，父亲是否留下了许多无言的空白？这些生命的留白，是否隐含着一个解不开的死结和悖论？还有一辈子都在滴血的创痛……

二

从宜兴东庙巷逃出城外，在朦胧的月色中跳上一艘小船。小船随风而去，父亲在夜风中呼吸到了清清爽爽的自由，也呼吸到了似淡还浓的离愁。当时，他万万没想到，他的出走对母亲的打击竟然是致命的。

几天后，他远远看到了虎丘塔。当他在石砌的山塘街漫无目标地晃悠，于鳞次栉比的酒肆商号和熙熙攘攘的车来轿往中，把一张活生生的苏州繁华图尽收眼底。身处繁华，他忽然感到了前所未有的孤独。付了川资，他已囊空如洗。既然革了家庭的命，就轻易不能回头。连饭都吃不上，店都住不起，又如何将革命进行到底呢？

他蓦然想到有一所苏州武备学堂。他打听到了，去了。看他帅帅的、棒棒的，就把他收下了，而且是骑兵科。这下，不仅吃饭不愁了，还给了他一个罗曼蒂克的梦想：不久以后，他就可以成为一个把洋鬼子赶尽杀绝的马上英雄了。我至今想象不出，苏州城里城外，哪里找得到可以供未来的骑兵纵横驰骋的沙场？但我还是能感受到满清末日风雨飘摇的氛围。

那时，父亲正当青春年少，是个不折不扣的热血男儿。在冲破封建婚姻的牢笼之后，同盟会的串连和策动在他心头点燃了更加罗曼蒂克的革命之火。历史走到他面前，让他与辛亥革命撞了个满怀。

在陈其美率领的沪军里，父亲成为滚滚洪流中的一朵浪花。但我无从知晓，他当时是步兵还是骑兵。不管是什么兵种，他义无反顾地交出了自己，在杀奔南京的征途上，完成了从家庭革命到社会革命的蜕变。

我无法描绘冲进金陵古都，攻打紫金山天堡城的惊险和酷烈。父亲在这场战斗中或许真正体会了一将功成万骨枯的内涵。

我相信，那是永远无法再现的传奇。父亲曾经是传奇中将生死置之度外的一个战斗者。

直到 1917 年张勋复辟，形势骤然凶险万分，父亲不得不把自己化装成日本人，逃出了南京城。

此后的艰险和流离，我一无所知。只晓得几年后他辗转来到了哈尔滨，被辛亥革命元老朱庆澜将军收到麾下。由于将军垂青，并在哈尔滨教育局长何枚生面前盛赞了周鸿宾的才干和为人，何枚生越看越喜欢，便把他最宠爱的掌上明珠五姑娘许给了我父亲。朱将军大喜过望，拿出大把的银元赞助了这个囊中羞涩的穷小子，在江浙闽粤会馆举行了在哈尔滨传为佳话的盛大新式婚礼。

婚礼上，父亲身穿革命军军官服，英武倜傥，我母亲何美珠则披着一袭当时颇为罕见的婚纱。幸运的是，那情景被摄影师定格在美好的瞬间中，令我少时得以在家庭相册里，一睹父母当年的风华。不幸的是，文革“破四旧”的时候，母亲含着眼泪将结婚照塞进炉膛，付之一炬，使它转眼间化成了灰烬。

那时，父亲已经去世。去世前十年，他被认定为历史反革命。街道上别出心裁，让我大哥对他监督改造。虽然已是共产党员的大哥没有对父亲怎么样，但这种不伦的安排，足以令父亲尊严扫地，万念俱灰。

父亲说，他曾投身辛亥革命，但是一生都没有加入国民党。除此以外，父亲一直保持沉默。

父亲的沉默，或许是一个老人无法言说的无奈？那沉默留下了许多扑朔迷离的空白，让我们这些晚辈永远不能看清他一生的全部真相。

沉默的父亲，莫非，这才是您生命中不可承受的悖论？

当爱已成往事

父亲去世那年，我还很年轻。

他罹患恶疾后，我曾带着病历和片子到北京日坛医院求医。结论是：食道癌、胃底癌。那时，老人家已年逾古稀，医生得知他有心脏病，刚患过肝炎，此后又因接踵而至的肺病吐了不少血，便连连摇头说：动手术，很可能死在手术台上。即使手术成功，他的时间也不多了。

父亲收拾了一箱子衣物，等我陪他去首都延请名医，期待着妙手回春的奇迹。而医生迎头一瓢冷水，让我陷入了进退两难的困顿之中，不知如何面对满怀希望的父亲，更没有勇气把北京权威冷静而又残酷的结论和盘托出。

父亲先是不能吃干的，后来牛奶、果汁也无法进入，连白开水都时时倒溢出来……他被消耗得一干二净，皮肤透明，身体轻如羽毛……

那年夏天，连续多日的暴雨冲垮了通往沈阳的铁路。父亲为了

父亲去世一年后，妈妈跟大姑母、三姑母在杭州相见，三个最爱我父亲的人终于抱在一起痛哭了一场。

三个最爱我父亲的女人，背对西子，面对伤痛。

等我，至死都没有闭上双眼。在他茫茫然睁着眼睛的遗体前，我失声痛哭了。母亲默然站在门外，没有嚎啕，也没有流泪。莫非，他们的爱情已随岁月一起逝去？或许，以她的性格，她的眼泪只能像血一样往心里流？

出嫁时，母亲正值豆蔻年华，又是名门闺秀。我外公参加过辛亥革命，与朱庆澜将军是莫逆之交。革命后，外公当了哈尔滨市教育局长，著作等身。可谁能想象，一个民主主义革命者竟然很不革命地包办了爱女的终身大事。婚礼时，报过生辰八字，母亲才知道丈夫的年龄比自己大了整整一倍。她在洞房里晕厥过去。多年后母亲说，他们的爱情故事从此开始，而且越来越浪漫而富有诗意。但是从父亲溘然长逝到出殡火化，母亲没在晚辈面前流过一滴泪。她

我陪妈妈和三姑同游西湖。是第一次，也是最后一次。

真是个好特别的女人呵！

此后一年间，母亲更加沉默，瘦得几乎脱了形。我于是抓紧一年一度的探亲假，星夜兼程赶回本溪，陪她去杭州散心。在杭州，见到了婚姻不幸后终身独处的三姑母，命运多舛的大姑母也从吴江连夜乘船赶来。三个最爱父亲的女人在一起长吁短叹，痛痛快快地倾诉了一天，哭了一夜。我这才看到母亲痛彻心扉的泪水。她还是没有嚎啕，只是无声地流泪，流了很多，流了很久……

我小的时候，父亲很少在家。我难以感知父亲对我的爱。只记得念初二时，我领着腰鼓队参加全市"五一"大游行，父亲肩上扛着我侄儿一路追踪，兴致极高地看了几个小时，直到队伍解散，还有点意犹未尽的样子。

过了八十大寿，母亲才对我讲，我毕业分配，远走内蒙古，父亲时时牵肠挂肚。每次探亲结束，父亲送我上火车，回来都默默无语，悄悄落泪。

“你爸爸比我娘娘腔。”母亲说。

我这才感到彻里彻外的痛，这才感知父亲对我这老生儿彻头彻尾的疼和爱……可当他活着的时候，我为他做过什么？我又曾如何去爱他？

人人都饥肠辘辘的1960年，我已挣七十多元高薪（那时，工人月工资二十多元）。探亲时，见父母满脸菜色，床底下堆满了准备充饥的树叶子，我便请二老进高价饭店，花去大半个月工资点了几个菜。谁知二老竟没有吃饱。他们一味地让我大侄子多吃一点，自己却很少下箸。

七十一岁那年，父亲已满头白发，瘦骨嶙峋，还拽着我去爬望溪山。他居然健步如飞，与我这个二十多岁大小伙子不相上下。到了半山腰，他买了一瓶山葡萄酒，一口气灌了半瓶，又让我喝了半瓶，两人飘飘忽忽爬上山顶。我至今无法忘记那一天父亲自豪而溢满亲情的眼神。或许，父亲是以自己的方式向儿子向世界告别？不然，为什么第二年他就撒手人寰，驾鹤远去了？

他去了，我才失悔：对深爱我的父亲，我几乎什么也没付出过。而他，为了等我，至死也没有瞑目。父亲去世后第四年，母亲南下连云港，与我的妻儿同住。那时，我还在鄂尔多斯当“牛鬼蛇神”。母亲在我家一住就是二十八年，带大了我的长子，又带大了我的次子。二十八年后的秋天，母亲突然离去，只在跌倒的一瞬间。

母亲爱我超过爱她自己，我却想不出我曾为她做过些什么。每

我还没出世的时候，爸爸妈妈带着长我十一岁的大哥，跟弥勒佛亲密接触过。现在，新婚的小儿子又陪着妈妈来了。

当看到她生前坐过的那张藤椅，我便不由得拷问自己，直到头痛欲裂，心痛欲碎……我这才顿悟：爱父亲爱母亲，永远只会太晚，不会太早。如果有来世，我一定力戒粗率和迟缓，让天伦和亲情时时围绕着给了我一切又为我付出一切的父亲母亲。一定。

天哪，当爱已成往事，我才在虚幻的下一辈子，给了父母一线爱的希望……

彼岸风景

我很少见到母亲落泪。隐约中，我一直引以为憾。她毕竟是女人，又是一个出生在水乡绍兴的江南女人啊！她豁达一如须眉男子，有时还远胜于男子。她聪慧内向，在默默相对中向亲人传递着尽在不言的爱意。近时她变了，变得一反常态。这使我惶惶然不可终日。年届八十四，又是本命年，按老辈说法正在坎儿上。

早春时她做了个梦，梦见我那已故去三十年的父亲。她求父亲带她同去。父不允，说不是来带她的。不久，我三姑仙逝于西子湖畔。自此，母亲的情感变得脆弱起来，有时唏嘘，有时悲歌，但从不放声痛哭。

我和妻天天劝慰。母亲置若罔闻。妻极良善，便道：想哭就好好哭一场，不然要憋出病来的。母亲却说：真想大哭，无奈儿孙已大，不能失态。于是，她时而哽哽咽咽，时而长歌一曲。那歌，是我闻所未闻的。母亲的嗓音已不再明亮如我孩提时光。那喑哑苍老的声音像最后的泉水，于苍茫凄迷中流过干涸的涧沟。那令人窒息的酸楚和怅惘，深深震撼了我的魂魄。

我顿然了悟：泉水会枯竭，生命会衰亡，而爱，永无终结。怪不得她患白内障前读《小说月报》，我问她喜欢哪一篇，她说：《爱，是不能忘记的》。那时，我以为她只是在评价小说，并没有想到母亲垂垂老矣，心底却埋藏着一个永远的情结。

母亲出身于书香门第，在六姐妹中最受宠爱。我外公曾投身辛亥革命，后来做了哈尔滨教育局长，还写过不少著作。然而，正是这个革过命的外公，在外婆操纵下包办了爱女的终身大事。我父亲的情况完全相反。他抗拒父母之命，于新婚之夜逃出宜兴城，辗转来到哈尔滨，被我外公的换帖弟兄朱庆澜将军看中，不仅谋到了职位，还做了教育局长的乘龙快婿。那时，六姐妹已嫁出去两个。父亲在四姐妹照片里一眼看中了老五。这真是一个蒙在鼓里，一个明镜儿似的，演出了一场包办加自由的婚姻悲喜剧。

1924 年，哈尔滨江浙闽粤同乡会馆举行了一个令市民大开眼界的盛大新派婚礼。证婚人朱庆澜赞助了二十桌西餐，其余二十桌中餐及一应花销就用掉五百大洋。出身寒微的父亲借了一大笔债才娶回了他一见倾心的五姑娘。谁知婚礼上一报生辰八字，豆蔻年华的新娘才发现，新郎的年龄是自己的一倍。入了洞房，便突然不省人事。一夕过去，新娘睁开眼，呆呆地看着泪水纵横的新郎官。时间竟在刹那之间凝冻，定格了他俩久久对视的目光。对视持续了多久，谁也无从计量。自此，他俩热恋了。母亲吹箫，父亲歌唱。或者，双双出行，从南岗到道里看电影，听大戏。我不知道，母亲近时反复吟哦的那一曲悲歌，是不是六十年前为父亲伴奏的那一首？父母一生中最绚丽的风景，莫过于洞房花烛前那无尽无休的对视和情意绵绵的一吹一唱了……六七十年岁月的风霜把如此迷人的风景锈蚀成一张发黄的照片，一个褪去了斑斓色彩的生命之梦。哦，母亲在找回过去。她日日夜夜用歌声努力复原那逝去的风景和彩虹般的春日梦幻，子女的劝慰又有何用？歌罢，她常常喟然长叹：儿孙是假的，夫妻才是真的。

妈妈，你在痛惜？追悔？抑或是八十年聚散离合令你在暮色四合的旷野上突然领悟了爱的真谛？

我找出一盘罗天婵的盒带，那上面有一首《渔光曲》。我放给母亲听。她变得宁静而又安详。她眯上眼睛，随着节拍轻轻哼唱，最后，捋一捋鬓边的白发：嗯，那是我们的歌，我们的……她昏朦的目光从我的身体穿越过去，似乎看到了彼岸。也许，她的恋情将在那里永无终结地延展下去。

对于母亲，除了彼岸，还有别的风景么？我不知道。我无法知晓。就让它成为我们母子之间无须破解的永恒之谜吧。

别来沧桑事，语罢暮天钟

2003 年深秋搬家时，母亲的藤椅丢了。我怎么让它丢了呢？那是母亲最喜欢的藤椅呀！阳光和煦的日子，她总归坐在南窗前，眯着眼睛，哼着不知哪个年代的小曲："毛毛雨，下一个不能停……"哦，她用鼻音吟咏出的往日遗韵，竟弥散着童谣般难以言说的纯真。她几乎每天都这样把自己浴在一片暖融融的阳光里，很享受的样子。由于哮喘，她的活动范围日渐缩小，人也就越来越发福，以至于膨胀到把藤椅漾得满满的，活像坦坦荡荡的如来。

藤椅里漾得满满的她，就这样烙印在我的心坎上。而年轻时的母亲，在我心目中早已变得依稀模糊，像一张虚光处理过的泛黄的老照片。

掐指一算，她走了十三年了。父亲去世后，她就是家里唯一从清朝走过来的人了。如果活到今天，该有一百岁了。这些年，我想她了吗？似乎没有。我忘记她了吗？似乎也没有。我心里有她，却已然沉淀在很深的深处。偶尔想起的，也只是一个细节，一个表情，一句她的习惯用语什么的。随之，心头一热，隐隐一痛……或许，这就是苏东坡说的“不思量，自难忘”吧？

六十岁那年，为了我的长子即将出世，她独自从辽宁本溪乘火车到天津，再从天津转车到徐州，然后，在乱嘈嘈的徐州站等待开往连云港的慢车。那可是 1968 年呀。这个听起来不太复杂的过程，在那时，对于这个缠过脚又放了脚的女人，无异于过五关斩六将。大哥揪斗时被打聋了一只耳朵，从绸厂黑屋子放归后仍不自由，当然是不能送母亲的。我本该到东北去接送她老人家，可我不能。

那年春天，我被席卷而去，成了“革命小将”的阶下囚。我的单身宿舍给抄了个底朝上，十年来省吃俭用购置的书刊拉走了七箱子。那些宣扬“封、资、修”的中外名著无一幸免，就连从创刊号起一期不落的《译文》《诗刊》《民间文学》，也都被扫荡一空。查抄完毕，我就被挂上有七八个反革命头衔的牌子，押出文化大院。那头衔中，与我本行业务靠得最近的，要属“反动文人”和“叛国文学作者”了。在伊克昭盟公署礼堂前，我的胳膊被两个红卫兵向后一拧，再往肩膀上加压，令你不能不弯腰九十度，扭曲成当时风行全国的“飞机式”。我与众多“乌兰夫黑干将”和“黑蛋”们享受同等待遇，头朝下，屁股朝上，撅在高高的台阶上，陪着盟委宣传部长吴占东，一斗就是四五十分钟。在火辣辣的骄阳下，长时间血液倒流，我被折腾得天旋地转，大汗淋漓。散会后，一路扇着耳光游街示众，直到绕城一周，小将们打得精疲力竭，胳膊再也抡不起来，才告一段落。我发觉红卫兵中有一两个还听过我的语文课。那时，我分明看到过他们眼中崇敬的目光。现在，那眸子里喷射出来的竟是蔑视和仇恨。我百思不得其解：我们苦口婆心教育出来的孩子，他们的人性里怎么会一下子迸发出那么多的恶，那么多的冷酷和残暴？怎么会如此若无其事地把别人的尊严丢到尘埃中肆意践踏？

接踵而来的是隔离审查。与“黑帮”们面面相觑，一切都显得那么怪异，那么匪夷所思。交代什么？检查什么？眼前的情景真像精神病人编造出来的闹剧一样，荒诞离奇，滑稽可笑。一种似真似幻的感觉攫住了我。我忘乎所以，与难友开起玩笑来，嘻嘻哈哈，不断发出朗朗的笑声，却没有注意到，我的笑声几乎无人回应。于是，报应来了。我被投进黑屋子劈头盖脸用棍棒毒打，直到被折磨得脖子不断地痉挛抽搐，才把我从幻境打回到严峻的现实中来。站在一边看我挨打的监管人员——平日里见了人羞涩一笑，脸蛋像红苹果一样的幼儿园阿姨，不无得意地问遍体鳞伤的我：“周维先，你还笑吗？”

几个月后，革命领导小组恩准我暂离鄂尔多斯到外地看病。谁知刚刚在呼和浩特火车站的小旅馆落下脚来，那脖子竟痛到头颅欲裂，无法起床。多亏同屋的解放军战士帮我给老同学邓永凯打了一个电话。邓永凯冒着被揪出来的危险，向红旗中学（原名回民中学）工宣队请了几天假，把我抬上火车，送到北京治疗。

母亲在天津转车时，我正在北京。那是我有生以来最最孤独苦闷的日子。我从来没有像那些时日一样渴望向亲人倾诉。母亲近在咫尺，只需几小时车程，就可以扑到她身边。可是，我怎么忍心让母亲看到我终日痉挛抽搐的样子呢？我又该如何诉说才不会令她老人家心碎呢？妻子怀有身孕，当然无法承受这么强烈的刺激。我无法想象，她一旦得知我如此不堪的遭遇，还能不能生出一个健康活泼的孩子？

于是大哥大嫂联合起来骗母亲：“维先搞专案，跑外调，忙着哪！”妻子那里由我来骗：“出来外调走得匆忙，没有带足全国粮票和钱，多寄一点到北京西单姻伯父家。好吗？我实在太忙，不能回去陪你了。不会生我的气吧？母亲过去，我就放心了。她老人家有经验。分娩时有她守着，比我强多啦！”两个我最爱的女人竟然都相信了我们笨拙的谎言，都被蒙在了鼓里。一个风尘仆仆日夜兼程赶到连云港锦屏磷矿；一个高高兴兴顺顺当当生出了我的大儿子。这真是不幸中的万幸，悲剧年代含泪的喜剧！

我在北京广安门中医研究院治疗四个月，终于有了起色。医生十分高兴，叫我到楼顶看国庆夜景。当蓦然间腾空绽放的焰火把天空渲染得激情四射的时候，医生在我后面叫了一声：“周维先！你好了！”他这一叫，我才顿然发觉，我的脖子真的立得直直的，正正的！我简直不敢相信，一场噩梦就这样随风而去了！

那时，给我力量的只有我远在连云港的亲人。这种完全发自内心的动力，平时难以察觉，到了非常时期会以惊人的耐受、韧性和坚守，让自己都不由得拍案惊奇，喟然长叹。那时，我横下一条心：不管怎么着，要活。不管谁自杀了，我也不能自杀。古人说，“父母在，不远游。”母亲健在，我能轻生吗？刚刚出生的儿子还没有见到，我能只身远去吗？

在苦难面前，母亲永远是我的老师。

20 世纪 30 年代，汉口大水，银行倒闭，母亲辛苦积攒起来做教育费的私房钱，一股脑儿都泡了汤。她没有落泪，大有只不过从头再来的气概。

十年后，日本飞机炸平了我们客居东台的家院，全家变成难民，落荒而逃。她也没有流泪。在长江的小船上，看到日本巡逻艇驶来，她毫不犹豫，提醒父亲，把装有军装的皮箱沉入江心，还顺手往我脸上抹了一把锅底黑。“光复”前，生活无着，她这么一个曾经的名门闺秀，居然无所顾忌地在苏州大光明电影院门前卖起香烟来。烟摊做赔了，便往我和二哥身上裹了许多棉布，在城门口和火车站，日本兵一次又一次搜身，吓得只有八岁的我，大气都不敢出。其间，不管鬼子如何声色俱厉，以刺刀相向，母亲却总是那么不慌不忙，从容淡定。就这样，她带着我们到上海东寻西访，终于找到了父亲。父亲不以为然：“上海经常轰炸，你们来干什么？会死人的！”谁料，母亲脸一沉，迸出一句话令父亲瞠目结舌的话：“一家人死也要死在一起！”于是，我们在一起经历了许多惊悸恐怖的夜晚。一声声怪异的警报拐着很长的弯，拖着让人毛骨悚然的尾音不停地呼啸。飞机俯冲、投弹和爆炸的声音常常近在咫尺，楼板、家具一起颠荡震颤。我呢，要么被塞到床下，要么紧紧搂着母亲。第二天，会听到邻居说，某某家墙外飞来一条腿，某某家炸得没有一个囫囵人。呜呼！明明是美国飞机炸日本人，无辜的中国人却死于非命。好不容易熬到“八·一五光复”，国民政府的接收大员却如狼似虎贪腐成风，币种换了好几次，物价一天翻几个跟斗。好日子还是没有盼到。

到了50年代，父亲老了，再不能养家糊口。一家人只好跟着“响应号召，支援东北”的大哥，来到举目无亲的辽宁本溪。那时，母亲每天四点钟起床，用一根比拇指还粗的钢钎猛扎封了一夜的东北煤炉。顿时，火星飞溅，炉灰迷眼，硫黄味呛得上不来气。冬天，气温降到零下二十七八度。黎明前更是冷得彻骨。母亲每天凌晨都得在冷气煤烟混杂的狭小空间里待三个小时以上。日积月累，落下了哮喘的病根。她六点做好全家人的早饭，在我们用餐的时候，焖饭炒菜，把大哥大嫂和我的饭盒弄得满满当当。上班上学的走了，

亲人自远方来，在牌桌旁凑凑趣，也是一大乐事。

她还要纳鞋底、补袜子、腌泡菜、做衣服。她一下子变成了什么都难不倒的当家人。当然，她的梅干菜烧肉、百叶包和暴腌青鱼，仍然保留着挥之不去的江南风情。但这些令人垂涎的美食，平时是见不到的。只有等到过年，才得以风卷残云般大快朵颐。

20 世纪 60 年代，父亲罹患绝症，一年后去世。母亲硬是没有在晚辈面前掉一滴泪。一年中，她日见消瘦，直到骨瘦如柴，从不见她哭泣呻吟。第二年，我把她送到杭州，与我的大姑三姑相见，才跟父亲的妹妹们痛痛快快哭了一场。之后，我与妻子陪她遍游杭州名山胜水，又到上海苏州寻访故地。她的气色渐渐好转，人也慢慢地发起福来。都说她的性格像个男人。就连我这个男人，在她老人家面前都常常感到自己身上少了点什么。

本来，我是应该少一点什么。在我之前，母亲六年中生了两个男孩。到第十年怀上我的时候，她希望我是一个白白胖胖的小囡囡，标标致致的美人坯子。1937年五月初二那天的丑时，大哭大喊降临人世的我，硬是多带了一把不合时宜的宜兴小茶壶。当她看到茶壶嘴的时候，不免摇头叹息，心中叫苦不迭。准备了那么多花花绿绿的女婴服，都给这个不识相的臭小子穿上！？偏偏我浓眉大眼虎头虎脑，一脸憨相，怎么也找不出一丝女孩的娇柔细腻秀丽可人。尽管如此，母亲还是在最短的时间内无条件地接受了我，把我确定为她生命中最后一个宝贝，以至于非常直白地喊我"宝宝"。

最小的宝宝当然是最受宠的。哥哥们上学了，家里的核心人物就是我了。父亲、母亲、三叔以及寄居我家的朱裁缝夫妇都把我捧在手心里，抱着我到处走。然而，好景不长。我出生不到一个月就发生了举世震惊的"七·七"事变。生活的节奏立马变了样。无忧无虑的气氛转眼间荡然无存。后来，日本鬼子大肆轰炸了。第一次，炸掉了后院房东住的小楼。第二次，我家那两进也几乎夷为平地。轰炸时，妈妈把我推到八仙桌下，像张开翅膀的大鸟一样扑到我身上，死死抱着我。从此，大地痛苦的震颤和母亲痉挛似的拥抱便刻在了我的记忆里，虽经六十七年时光的淘洗，依然无法淡忘，仿佛就发生在昨天。2008年5月，当我看到四川汶川地震废墟里，死去的母亲匍匐着搂抱着孩子的情景，禁不住泪流满面，无声饮泣。母爱，这是人生最珍贵的财富。从这个意义上讲，我是世界上最富有最幸福的人。而对于妈妈，幸福就是付出，付出越多，她就愈加快乐。就像汩汩而出的清泉，潺潺流淌，轻轻歌唱，直到生命干涸的最后一刻。

既然如此，是谁，为什么丢掉了那把藤椅呢？是不是因了那藤椅的每一根藤条都储存着太多温馨的时光，那些时光的重量令儿孙

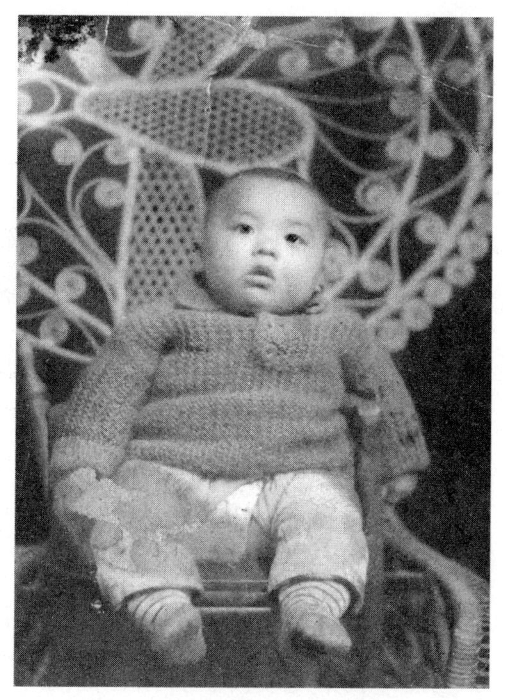

多了一把不合时宜的小茶壶。

们不堪承受？记得，那把藤椅紧挨着母亲的床。下班回来，我常常坐到床边，一言不发，轻轻抚摸母亲修长的手指，抚摸她手背上鼓突的血脉。这时，她脸上便渐渐绽开一抹无比安详的微笑。而我，一天的劳累和烦恼如烟散去，内心倏然间清清爽爽，变得踏实而又宁静。

母亲 1968 年南下，高高兴兴地在连云港度过了二十八年。从本溪有厨有卫有地板的高知楼，来到上臭气冲天的公厕都要排队的锦屏磷矿工人村，三代人挤在 21 平米泥巴糊墙的简易房里，反差不可谓不大。可她竟然非常适应，没有半句怨言，甚至看上去相当的逍遥自在。她总是有一搭无一搭地哼着老歌，出出进进，放下锅碗瓢盆，又拾起针头线脑。家务之余，还要把小人书贴到离眼睛几乎零距离的地方，念给两个孙子听，直念到孙子们倒背如流，认得了书上大部分汉字。她常常兴味盎然地一面做针线一面听两个孩子跟着半导体学外语，不经意间便记住了那些单词。可以想见，当年她读女子师范时，定然是个出类拔萃的角色。如今，在几十年纷扰乱世中颠沛流离之后，生活的意义变得十分单纯。对于她，一家人平安团聚就是人生最大的幸福，含饴弄孙就是晚年最开心的享受。

过八十大寿的时候，她不无调侃地宣布："从现在起，我退居二线了。"1992 年，我有生以来第一次分到了家属宿舍，而且有 90 平米，三室一厅。这真是太奢侈了！那年，我已五十五岁，可还是高兴得像孩子一样。搬进市委大院的时候，母亲已经喘得上不了楼。背上五楼，我给她安排在带阳台的南屋，又重新买了

这个阳台，是母亲每天望眼欲穿等待儿孙的唯一去处。

一把更加宽大舒适的藤椅。于是她天天晒太阳，天天哼着歌等待儿孙们回来。

她八十七岁时悄然离世。最令人伤感的是，她西去的那天，我在遥远的他乡。那夜，轮船停泊在四川涪陵，我在江轮的甲板上，面对星垂大江的苍茫空阔，与文友作竟夜长谈。我们谈的是什么？是文学带给我们的梦想，还是那些关于爱和死的永恒母题？但是我清楚地记得，那个夜晚，我有些心神恍惚。

十三年了，我一直都在责备自己，怎么也不能原谅自己。在最后的时刻，我没有握着母亲修长的血脉鼓突的手，把温暖和力量回馈给她，让她安然逝去，不留一点遗憾。

这是我心中永远的痛。岁月之河无法冲淡，红尘之土无法掩埋。只有留待将来的某一天，向母亲当面忏悔了。

别来沧桑事，语罢暮天钟。彼时，彼地，彼境，彼情，怎能不令人神往呵……

大哥在风雪之夜远去

大哥，你来到人世那天，整个哈尔滨冻得嘎嘎的。松花江上，冰爬犁顶着席卷天地的鹅毛大雪艰难地奔跑着。辕马喷出的热气，转眼间凝冻成鬃毛间的霜雪和冰粒。挟来一身寒气的医生，不忍看母亲满头大汗痛苦挣扎的样子，便动了一剪子，把你拽了出来。那一声哭叫好生响亮。多年后，你四个儿女听着你一成不变的摇篮曲“五星红旗迎风飘扬……”茁壮成长，个个都得了一副嘹亮的好嗓门。你一生出来就五官端正，体体面面，大眼睛，通天鼻。爸爸妈妈喜不自胜，外公外婆爱不释手。于是乎，你便理所当然成了命运的宠儿。

大哥，你从冰雪中来，是不是那冰天雪地的童话世界给了你冰雪般的聪明？三岁，爸爸就教你学外语，不会就打屁股。四岁把你送进小学。你当然是最小的，个子也最矮，偏偏却总是名列前茅。于是连连跳级。跳了级，成绩还是遥遥领先。尽管如此，你仍然有足够的时间读《水浒》，读《三国》，读《基度山伯爵》，读《侠

大哥，微笑发自深心，那笑容的温度，教人怎么放得下？

隐记》。小时候，我最爱听你讲那些风风火火的英雄传奇，讲着讲着，你就像说书人似的唱将起来："景阳冈啊，武松打老虎……"这时候，我手里的吃食便在云山雾罩中成了你的美餐。等你抹抹嘴转身离去，我才恍然大悟。这样的喜剧不知重复了多少回，没有一次不是懵懵懂懂落入陷阱，傻勒巴叽无怨无悔。咳，谁叫我比你晚生十一年呢！或许，这才是最纯真最烂漫的童趣。随着岁月流逝，永不再来。如今，回望苍茫天际，怆然感喟：哦，天籁！生命中可遇而不可求的天籁，都留在了苏州沧浪亭畔的船舫巷一号，那铺着木地板的二楼上。听大哥说，房东的儿媳妇就吊死在那个房间里。有一天，你看到她捧着一大摞盘子站在门背后的墙角边。从那以后，只要我一个人待在那间屋子里，眼前便时不时地生出种种幻象，让我毛骨悚然，大气

上海闸北的初恋已成往事，五十年了，你们依然是一幅美丽的画。

都不敢出。

聪明的孩子十有八九淘气。淘气的方式别出心裁，多有创意。在船舫巷，大哥有时会以突袭的方式行侠仗义，以至惊动地保，找上门来兴师问罪。妈妈怪你惹是生非，我却非常佩服你。我的小淘气从来都成不了气候，也造不成轰动效应，每每觉得很无趣。而你比我大许多，总是独来独往，不带我玩。过年时，麻将、牌九、打莎哈、掷骰子，你一看就会，玩则必精。什么“升官图”“大观园”更是不在话下。在你跟前，我和小你六岁的二哥，永远都只能用仰角望你。念书，不仅在哥仨里是最好的，在教会办的振声中学，你也是精英学校里的尖子。初中毕业考试那天，又做了一件令全体师生大为震惊的事：你拒绝日语考试，把一张白卷交给监考后扬长而

在一起长大，如今天各一方。北京成全了比亲兄弟还亲的堂兄弟。

去。你虽因此没有拿到毕业证书，却受到了英雄般的尊重。当时，这样做弄不好会进日本鬼子的宪兵队的。尽管如此，你还是以同等学历考进了五年制的上海工专。从此，我对大哥更是崇拜有加。那阵子，家里经济越来越拮据，爸爸妈妈曾打算让我和二哥辍学，保你这个重点。幸亏你同学的父亲费伯伯赏识你，帮你缴了几年学费，我们才没有失学。

搬到宫巷一侧的蔡汇河头以后，我更加如鱼得水。课余时间差不多都交给电影院、戏院了。端木的房子不大，却住了两家房客。东厢房殷家大哥整天忙着演戏，后来成了名演员，拍了歌剧电影《红霞》，还导演了轰动一时的歌剧《芳草心》。他的妹妹文静白皙，秀骨清神，还戴着一副亮晶晶的近视镜。而端木的女儿则有那么一点南美风情，外向，高大，皮肤略黑。那年夏天，又闷又热。大家都在小天井纳凉。大哥夹在一黑一白中间，成了焦点人物。房东曾经为黑美人提亲，母亲不置可否。沉默矜持的白美人便悄然升温，暗中较劲。那一场没有硝烟的战争在汗流浃背的夏夜里，在芭蕉扇轻轻摇动之中进行了一个暑假，最后无果而终。期间，我曾在大床上看到一个日记本，刚刚拿起来端量，就被大哥扇了一个大耳光。挨了耳光还稀里糊涂，不知所以。或许那里面有你的隐私，恐被侵犯，便先发制人了一下？可是你小弟当时还童蒙未开，哪里晓得那些事嘛！

到了醋库巷胡律师家，一切才尘埃落定。那是我们在苏州最后一个住所。那座竹林水榭辉映的小洋楼房租奇贵。长廊上一脸凶相的狼狗见了生人便咬，偏偏喜欢扑到我胸前，把长长的铁链子在我身上绕了一圈又一圈，不耍够了决不放行。那天，大哥从上海带了女朋友来。我正光着身子在木盆里冲洗狗味。听说未来的嫂子来了，还没擦干就跑了出来。嫂子一身法兰绒，打扮很入时。打扑克还把我搂在怀里，热络得很。那年，我十二，嫂子二十五，大哥二十三。两人同在上海大丰纱厂工作。厂里排演话剧《好事近》，你俩分别扮演男女主角，在舞台上卿卿我我，谈情说爱，竟然弄假成真，促成了一段长达五十九年的世纪情缘。

2008 年盛夏，我到本溪看望已是耄耋老人的大哥大嫂。临行前，我在当地最好的宾馆给大嫂过了八十五岁生日。自从大哥罹患脑出血，大嫂没睡过一个囫囵觉。大哥一夜解溲七八次，都要嫂嫂服侍。此次见到我，启发再三，才认出我是老三——“三先”。那天，你高高兴兴跟嫂嫂一起吹灭了生日蜡烛，一起唱了生日快乐，还在《红河谷》的欢快旋律中跟嫂嫂跳了一段交谊舞。大哥，我的眼泪在眼眶里转了又转，一直在想：你再努努力就可以回到从前了！大哥，你一定要做回你自己呀！那个冰雪聪明的自己，那个令人倾倒的自己，那个跟工人打成一片的技术员，那个把质量视同生命的工程师，那个风神飞扬让学生念念不忘的老师，那个不谋私利不畏权贵的校长，那个从无到有艰难起飞的厂长，那个把乒乓球打到辽宁第一的业余运动员……哦，大哥，那是多么难得的一个仲夏之夜！你给亲人们带来了许多久违的快乐和久远的回忆。我当场承诺，明年大哥大嫂钻石婚的时候，我一定再来。

2008 年 12 月 14 日凌晨两点，急促的电话铃声之后，我听到了从遥远的本溪传来的噩耗：大哥走了。离 2009 年 3 月 8 日钻石婚只有八十六天。这真是去日之日不可留呀！你终于没有走进生命中又一个阳春三月。你从哈尔滨的冰天雪地中走来，又在本溪冰封雪锁的严冬远去。大哥，莫非这就是你生命的轮回？

我一夜辗转，不能成眠。黎明时打了个盹，醒来满脸是泪。大哥，弟弟没有哭出来。弟弟又听到你唱武松打虎了。哥，就让我用梦中的泪水祭奠你，送你在冰天雪地里远行吧……

2008 年 12 月 16 日　星期二　晴　0 ～ 14 度

大哥，今天连云港有一片不太蓝的蓝天。虽然过了大雪，天气并不冷。听说，本溪零下十好几度。你睡在空空荡荡的大房间里，透心凉吧？前天，大嫂打来电话，说三天之内一定要出殡，只得定

跟大哥大侄女唱歌怎么会这么严肃认真?

在周二早 8 点。可机场答复我，飞沈阳的航班最早一班在周二深夜才能到达。这真正是阴也差了，阳也错了。奈何？可奈何？只好放弃。放弃我们兄弟最后的一别。

大哥，今天是你随着一缕青烟飞离人间的日子。弟弟我在遥远的黄海港城时而默坐，时而徘徊。我想哭。一整天都酸酸的哽哽的，哭不出来。莫非，弟弟的泪都流到心里去了？那心尖子被泪水淹着，蛰得我时不时地隐隐作痛。都说兄弟如手足，手和足，怎么能割，又如何能舍？大哥，你怎么一句话没留下，就舍我而去，与弟弟天人永隔了呢？

俊 哥

俊哥俊吗？我从来没有想过。而今他去了，我才开始想。想得头痛，最后竟不知自己云山雾罩在晕乎些什么。俊哥瘦削，修长，一辈子没胖过。远远地看他，像一棵风中的树。可当我们目光相遇的时候，我分明看到了他眼中的迷茫、困惑、压抑和压抑得很深的忧伤。或许因此他一生沉默寡言，喜怒不形于色。或许因此他的情感分外敏感、细腻而又内在。

俊哥是我的堂兄。但在我心中，那“堂”字压根儿就不存在。自我呱呱坠地之日起，他就是我哥。我们住在东台码头上同一座屋檐下，吃的是母亲做的同一锅饭。放学回来，他会抱着我到大操场去看操练，用当地话教我儿歌——“小宝宝，穿红鞋（读孩），的嗒的嗒上东台……”他是三叔唯一的儿子。而我，于周家这一代人中列居末位，比他整整小了十四岁。跟他在一起就像船儿停泊在港湾里，心里安稳而又释然，总有一种如父如兄的感觉萦绕着我。现在想来，这种感觉，今生今世再也找不回来了。

但我还是无日无夜都在寻找。我无法相信他已永远离我而去。我昏昏沉沉中隐约看到了那一棵风中的树，看到了他的眼睛，还有他眼中沉潜得很深很深的忧伤。那忧伤几乎与生俱来，跟他一起在滚滚红尘中颠颠簸簸走了八十六年。八十六年，那是多么漫长的伤痛之旅呀！

在他最需要母亲疼爱的年龄，我漂亮的三婶就抛下她唯一的亲骨肉，远赴南洋，一去不回。俊哥顺理成章地留在了宜兴奶奶身边。不久，奶奶仙逝，只好跟了舅舅。舅母容不得他，虐待他，使他幼小的心灵雪上加霜，备受伤害。万般无奈之际，漂泊无定的二伯父（我父亲）把他带在身边。从此，他成为我们兄弟中的一员，成了我们不离不弃的俊哥。一直到他念了北大和哈尔滨俄专两所大学，兄弟们才天各一方，各自奋斗。即便偶通音问，也从不提及心中的苦。他念书期间，三叔（他父亲）病病歪歪，长期住在我家，直到俊哥在北京六铺炕冶金部宿舍有了一间斗室，才与儿子团聚。

大学毕业后，俊哥的情感世界空空荡荡。在姑娘面前，总是那么无奈，那么不知所措。纵然他业务相当过硬，在令国人万分自豪的第一汽车制造厂里给苏联专家当翻译，为人还是非常谦虚谨慎，几乎是夹着尾巴做人。那时，我在东北师大读书，到他所在的汽车城去，要乘有轨电车叮叮当当地走上好一阵子。他知道我大哥大嫂要赡养父母，又要拉扯越来越多的孩子，就时不时给我一点零用钱。看我没有皮鞋便给我买皮鞋，看我穿着旧球衣，就带我到“长春二百”买了一件红毛衣。这在 1955 年的大学校园里，简直有一点鹤立鸡群啦！那时，师大伙食免费，月标准十二块五。俊哥怕我营养不足，影响了长身体，每到周日，只要没事，就叫我一起下馆子。20 世纪 50 年代，长春最排场的饭店

在长春，哥俩正年轻。刚刚吃罢国营食堂色香味俱佳的番茄里脊，就进了照相馆。

就属“国营食堂”了，我们兄弟俩点得最多的，恐怕是那个风味不俗的“番茄里脊”了。我一见这道菜，就胃口大开。那薄薄嫩嫩的里脊肉，裹了一层面包屑，煎得黄黄的，在番茄酱里翻一个滚，香酥酸甜，实在是难得的美味。我三下五除二扫荡大半，余下的，由俊哥慢慢咀嚼，细细品味。我用几分钟消灭主力，他却要耗费大半个钟点收拾残局。他总是把残局擦抹得干干净净，绝不会有一星一点的浪费。

俊哥一直很孤寂，很落寞。三十多了，一个人住在单身宿舍里。同事给他介绍了一个小护士，比我还小两岁。那小护士，脸和眼睛都圆圆的。一个星期天，我们一起吃国营食堂。吃罢番茄里脊，她闹着要照相。我们便一起进了照相馆。其间，我发现，小护士眼神

黄浦江边，离欧洲阳光城不太远的地方。只可惜，遍插茱萸少一人哪！

不对。用现在的话说，她在对我放电。我吓得好长时间都不敢去汽车城，怕坏了俊哥的好事。好事终究未成，小护士另谋高就了。

落实政策后，我曾去洛阳看过他。那时，于洁嫂嫂已为他生了两个聪明懂事的儿子，陪他走过了一生中最黑暗难熬的岁月。俊哥终于有一点容光焕发了。可眼底的阴霾仍然没有完全抹去。在他的生命里，雨露滋润的时光实在是太少太少了。母亲八十大寿时，他一家四口冒着严寒，抱着一大摞我嫂子亲手烹制的江南美食，左一盆右一罐，在春运高峰中挤上火车，来到连云港桃花涧。席间，他举杯祝寿，一句“感谢二伯母养育之恩”，让母亲大为感动。我在一旁，也不由得鼻酸眼热。

后来，他的长子周方从下乡知青变成了新华社记者，次子周岩也于复旦读博士，走进了新民文汇报业集团。在耄耋之年先后抱了两个孙女。家也从洛阳涧西搬到了上海浦东的“欧洲阳光城”。俊哥八十寿诞时，推三阻四，不让我们去上海祝寿。我很沮丧，又很理解。俊哥老了，累不起了。但我还是想方设法给了他一个惊喜。当他全家从饭馆吃罢寿面回来的时候，发现家门口摆着两个大花篮。一看，是维先夫妇和两个侄儿通过“鲜花快递”送达的。俊哥、洁嫂喜出望外，从不畅怀大笑的俊哥，嗬嗬嗬地很笑了一阵子。2006年国庆长假时，周方夫妇带着小典典，陪着俊哥洁嫂从北京驱车南下连云港，来到我在苍梧小区的新居。俊哥不无伤感地说：“维先，最后一次了……”

他看上去更像一棵风中的树了。离去时，我望着他苍老的背影，眼里蓄满了泪水……俊哥，好不容易熬到了好时候，你可要好好活呀！此后，我不断收到他寄来的报纸——《文学报》《读书周报》《新民晚报》，都是他精心挑选过的，每一张都叠得整整齐齐，都有我

2006 年，俊哥来看我

喜欢读的文章。最近，有两三个月没寄报纸了。他怎么啦？通了一次电话，他说话竟然气若游丝，那声息只在有无之间。俊哥似乎已然向很远很远的地方飘去。一周后，他走了。几乎是无疾而终。临了，还跟洁嫂说了一声“再见……”

再见，再见不是永别。再见，就是期许来日相会。是啊，兄弟们有朝一日还会欢聚一堂。俊哥，你说得是。这一天会到来的。

致有为

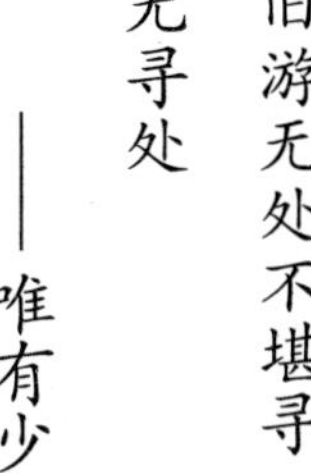

旧游无处不堪寻
无寻处
——唯有少年心

寻找往日

有为：

几十年没见了，你一向还好吗？从电话里听起来，你的声音依然那么醇厚，像大贝司一样带着沁人肺腑的共鸣。可惜，我从没听到过你唱歌。我没有你那么富有魅力的嗓门儿，可只要兴致来了，也喜欢扯开喉咙唱两句。我爱唱，八成是遗传。爸爸妈妈度蜜月的时候，一个月下吹箫，一个浅斟低唱。浪漫着哪！直到耄耋之年，不管是洗内衣、择青菜，还是做针线、摆扑克，妈妈总是曲不离口。或哼唱，或吟哦，脸上依稀着微微的笑意，眼中迷离着遥远的回忆。那是怎样的时光啊！那时，我已知天命。我十分感激命运的赐予，让我颠沛流离的人生常有母亲的歌声相伴，使我在看不到尽头的落寞挣扎之中，能够感受到亲情的默契，人世的温暖。

有为，谁能想到世上最无情的是看不见摸不着的时间啊！它竟然趁我远赴他乡的时候匆匆带走了母亲，至今已有十四年。这十四年，我心里空落落的。看到别人家有高堂，总会艳羡不已。我便异

本溪高中二年级时，辽源转来个王有为。谁曾想，我们同学一年，却相知一生。1956 年盛夏，我到大连工学院看他，在旅顺苏军塔拍了照。

从各自的大学回到本溪，我们俩跟同学、芳邻，不仅散步聊天，还在小河里学游泳。潇洒得很哪！

想天开，能否沿着岁月之河中溯流而上，找回往日的场景和亲情？明知这想法很弱智，深秋时，我还是带着妻子——你的老同学素斌一起南下，寻寻觅觅，又回到那座常常走进午夜梦境的城市。

感谢姑苏的父母官，在全国上下以荡涤污泥浊水之势大拆大建的风潮中，为我们留下了些许小桥流水，历朝故旧，当然还有岁月之刃无法剪断的记忆和回味。

那是一个天气绝好的早晨，表姐带着我们去看老地方。当年，她来苏州船舫巷时只有十六七岁。到了我家，先是下厨房，坐在七星灶前打稻草把，一面打一面往炉膛里填。她很懂火候，妈妈炒菜就不用来回跑了。空下来，她会亲亲热热地搂着我，紧紧握住我攥着毛笔的右手，一笔一画地帮我学描红。如今，这位跟我一样属牛的老表姐已经八十四岁了，还像六十八年前那样领着小弟弟。只有她才知道，牛弟我最想看到什么。

出了苏州大学宿舍，表姐带我们走上吴王桥。我的目光越过被历史压弯了腰的官太尉桥，便可以看到以铸剑大师命名的干将路。猛抬头，修正了的双塔赫然矗立，举步间正琢磨着那满目疮痍的斜塔，怎么就正过来啦，一不留神跟千年古刹定慧寺撞了个满怀。原来，春秋战国与唐风宋韵，被时光之手不由分说地安排在一条小小的巷陌里，而且只在咫尺之间。这就是苏州。一座被岁月浓缩了的古城。你每迈出一步，不是踩在典故的掌心里，就是走在历史的脊背上。

凤凰街加宽了，显得有些陌生。儿时，无论到建平小学上一年级，去带城桥念二年级，还是转实验小学读三年级，凤凰街几乎是必经之路。如今，这里古意渐少，洋味见长，就连木质的带城桥也让石栏沥青抹去了沧桑和风尘，很容易被匆匆而过的路人忽略了。表姐知道，牛弟无论如何不会忽略。这里有我的童年，有我心中萦回不去的歌声。

不远处可见船舫巷一号，那是我家来到苏州后第一处寓所。绿水沧沧气象萧森的沧浪亭近在眼前。那二层小楼，有一个清爽雅洁的小小天井，天井里有一口青石井台的小小水井，石井边还有一棵可以在下面纳凉讲古的桂花树。盛夏时节，用吊桶把西瓜放到井下，那西瓜吃起来比冰激凌还爽！据传，楼上的某个卧室吊死过房东的儿媳妇。我借此耍赖，一定要睡在爸爸妈妈中间。爸爸很少在家。我很享受地簇拥在两个温热的怀抱里，任随他们亲吻爱抚我的身体。然后，在爸爸讲述的来自老家宜兴的传统故事《除三害》中酣然睡去。一次午夜尿急醒来，听到的不是卖糖粥的梆子，而是整齐划一的脚步声，由远而近，又由近及远，咔，咔，咔，咔，在石子路上张扬而过，那声音威慑而又跋扈。妈妈把我紧紧搂在怀里："日本人来了！"第二天早晨，太阳照常升起。妈妈呵痒，爸爸一面把手伸进被窝掏着"鸡窝"，一面问宝宝何时才能长大。我咯咯咯地笑着赖床，爸爸便唱起一首我不甚熟悉的歌曲："起来，不愿做奴隶的人们，把我们的血肉筑城我们新的长城！中华民族……"

不知愁滋味的烂漫童年呵，因了这歌声平添了难以言说的苦涩和悲壮。之后，我领教过日本鬼子狼狗的冲击，也品尝过大和民族花花绿绿的糖果，在刺刀如林的城门口被搜过身，在小学教室里被强迫接受奴化教育……表姐，谢谢你帮我找回了湮没已久的往事。

只可惜，船舫巷一号的小小院落早已不见踪影，一座半新不旧的公寓楼扫去了历史陈迹。小院斜对面原本是座石库门院落，

华飚送我们来到苏州定慧寺巷，看望孀居多年的慈仪表姐。

比一号气派得多，也荒芜凄清得多。黑色大门常年紧闭，从来没有开过。只有门楣上“毛府”两个字撩得路人浮想联翩。邻居们谁也没见识过，蒋介石的前妻毛福梅究竟是个何等样的女人？后来，我常常佯装路过，在毛府前荡来荡去，希望黑色木门訇然打开，里面走出那个千呼万唤都未曾抛头露面的女人。但是，我的好奇心始终没有得到满足。

有为，你或许会问我，为什么从来没跟你讲过这些？你我相识时，正当青春年少，童年意趣对于半大小子几乎无足轻重。它自然会沉潜到记忆深处。直到老了，心静下来了，至亲老友一个个凋零了，消逝了，陈年旧事便忽忽悠悠漂上水面，让你感喟不已，甚至不由得走上回归之旅，去寻找往日的踪迹。

那天回家的路上，在定慧寺门前读到一句释迦牟尼的话：“不悲过去，不贪未来，活在当今，由此安详。”

有为，只有大彻大悟之人才能讲出如此大彻大悟的话呀。醍醐灌顶，令我顿然无语。回头又想：倘若人人都作如是观，这个世界还有戏可唱吗？

下次再聊。多多保重！

维先

2009.12.16

连云港　苍梧

另类乡愁

有为：

有故乡的人是幸福的。不管那个地方在天之涯还是地之角，不管它僻踞深山还是远在戈壁，是不是风光宜人，祖屋是大是小，日子是苦是甜，在故乡度过的童年都在你灵魂深处挽起一个不大不小的结。那个结时隐时现，却不显山不露水地释放着生命的能量，从来不知疲倦。你在人生的沟沟坎坎回头望去，总会回味无穷，慨叹不已。或进，或退，或显，或隐，或浮，或沉，都在回眸的一念间。你甚至会忽然像一个孩子，幻想时光倒流，一切从头再来，倍加珍惜地把转瞬即逝的童年重新玩味一遍。

我羡慕那些在故乡长大，成年后远走高飞的人。为什么？因为他们有乡愁。有乡愁，心灵就会变得清澈，变得柔软。我有故乡，但我没有乡愁。你一定觉得很奇怪。我的老家在江苏宜兴。但祖籍、故居、故人，那条名叫东庙巷的弄堂，弄堂里那座祭祀周家先人周处的周王庙，乃至于太湖竹林、阳羡紫砂，都与我形同陌路。我既没有在那里呱呱坠地，也没有在那里餐风饮露。偶尔听长辈说起往事，忆起我教了一辈子私塾的祖父和默默支撑一个大家庭的祖母，也只能躺在被窝里有一搭无一搭地凭空想象，却无法感知故乡的容颜和亲情的温度。

从四岁就开始逃难漂泊的我，不仅习惯了流徙不定的生活，而且越来越见异思迁，越来越喜新厌旧，似乎动荡才是最常规的生活，搬家才是最正常的营生。

到了姑苏，便把生身之地东台抛在了脑后。进了上海，立马淡忘了古雅宁馨的水巷。再回到苏州，十里洋场旋即被记忆压扁，成为一张明信片上的花都。随着家境的变化，不停地搬家，转学，六年中上过五所小学。对于走马灯似地变来变去，不仅习以为常，而且觉得非常好玩。同学、老师、校舍、环境，一切一切都是新的，任何时候皆可以从头开始。直到大哥大嫂响应号召，支援东北，我和爸爸妈妈坐了三天三夜的慢车硬座，摇摇晃晃迷迷糊糊来到群山环绕的辽宁本溪，才有了进入异乡的感觉。后来，又考进了吉林长春的东北师大。那里，原来的满洲国皇城景象一如东京，令我这个做过亡国奴的十七岁少年触目惊心。八月十五突降鹅毛大雪，对于江南小子实在有点匪夷所思。手握门把手竟然把一层肉皮粘连下来，更让我这个细皮嫩肉的家伙吃足了苦头。在那座以电影和汽车著称的城市里，我不仅见识了零下三十五度的凛冽，也领教了 1957 年不平常的春天里那彻骨的寒意。

毕业去内蒙古，本意是流放发配。可不幸中十分万幸的是，那所大学的领导虽然文化程度有限，却很有境界，对我不仅包容宽厚，而且爱惜有加。满目荒凉的鄂尔多斯从此成了二十一岁后生的疗伤之地。我从从容容地在窑洞里舔舐仍在滴血的伤口，而质朴的学生、明亮的眼睛、忧伤的长调、燃情的舞蹈、浊浪排空的黄河、善良剽悍的牧人，便成了我一剂又一剂良药。我做梦也没有想到，一个人居然可以在异乡找到故乡的感觉。前半生浪迹天涯，竟于流离落魄之中，在不是故乡的不毛之地，遭遇了缺失已久的亲情和乡情。有为，这是不是让你十分意外？

从鄂尔多斯调回江苏，落脚连云港。我终于在匆匆流逝的岁月之河里打捞起了一份可以叫作乡愁的情愫。它不仅属于东台，属于苏州，属于宜兴，在更多的时候，那乡愁源自鄂尔多斯。它浓得像酒，醇厚而又悠长，像草原一样苍凉寥廓而又暖人肺腑。或许，那是一种无以言表的文化乡愁？

孙子喊吃饭了，就聊到这。

维先

2009.12.20

少年本溪

有为：

驿站，驿站，驿站……一个，又一个。大大小小，林林总总，千种风情，万般模样。当一个驿站风一样向后面，向远方，向远方的远方呼啸而去，并最终隐没在烟雾迷离的天际线上，一个新的人生驿站便扑面而来，戛然而立，无声地宣告你用生命书写的华章又另起一行了。有为，你我的一生不就是这样，在不断变换赛场的马拉松长跑中匆匆前行的吗？

远离苏州，转学闻所未闻的辽宁本溪，是我少年时期的一大转折。从水巷纵横粉墙黛瓦构筑的优雅天地，走进被重重大山团团包围的钢铁煤炭之城，对于喜欢背着书包钻戏院的我，简直是一个革命性的变化。

太子河沿着山势回环而来，浩荡而过。坍塌断裂的钢筋水泥大桥，让人想到尚未远去的战争。哪里还找得到江南水乡的宁馨和温婉？峭岸上，火车轰隆隆倾倒铁渣的一刻，更是惊心动魄。那岩浆般的洪流奔突而下，被灼伤的太子河刺啦一声冒出几丈高的青烟。夜色中，眼见得半个天空像着了火一样烧得血红，星星和月亮霎时间黯然失色，我被眼前的景象震慑了，惊呆了，迷住了。

我家住在高山陡崖下的彩屯，跟本溪一中隔着一条波涛滚滚的太子河。桥断了，只好摆渡。船很小，上班上学的人又多，超载的小船在激流中摇过来崴过去，不是打转，就是进水，常常把有孕在身的大嫂吓得变颜失色一身冷汗。

1950 年，东北人大都一身黑衣，严冬时节光身子套一件油光锃亮的空心棉袄。家境好的才有内衣小褂。中等的戴一个假领子，固定在两个在腋窝里，白领子一露，那可就相当体面了。而我，浅栗色夹克衫、银灰帆布长裤总是清清爽爽溜光水滑的，手里还拎一只装有饭菜的小钢精锅。装备如此精良，走进教室，立马显得鹤立鸡群，很不搭调。同学便叫我接收大员（国民党）。清除冰雪的时候，我不会用铁锹，人们笑贬我“水筲没梁”。事后问人，才知道水筲就是水桶。水桶没有梁，饭桶之谓也。

那时你还在辽源。我形单影只，没人待见，苦闷极了。放学后，再没有苏州北局那样的东方百老汇足以娱乐身心了。怎么办？只有到工人文化宫打乒乓球，借阅世界名著。于是，司汤达、雨果、梅里美、托尔斯泰成为我的偶像，于连、卡门、艾丝梅拉达、安娜让我心驰神往。我整天沉浸在虚幻的天地里。上课时老师走下讲台来到我身边：“周维先，窗外有什么？”一阵讪笑让我环顾左右，竟仍然回不过神来。直到有一天晚上，学校包场看田华主演的电影《白毛女》，空袭警报突然拉响，我才抬起头来认真打量周围的世界。那警报声极其怪异，让人头皮发麻。我们立即被带进附近的山洞里。空袭过去，电影接着放映。有为，那场电影，跌跌撞撞钻了十三次山洞，还是兴味十

跟孩子的舅舅们为往事干杯之后，寻访本溪的崇山峻岭。

足地看完了喜儿的头发由黑变白又由白变黑的全过程。《白毛女》断断续续从傍晚一直演到凌晨，是我一生中最难忘的一场电影。

看罢电影，我猛然醒悟：美国人又来了。上一次是 1945 年，上海，目标日本鬼子，只是误炸了中国百姓。这次呢？锁定朝鲜却飞到中国来了，又是误炸吗？还能坐以待毙，不投笔从戎，保家卫国吗？领导安排我们家搬到小镇南芬，本溪一中的一部分迁到了满目荒凉的火连寨。在那里，我们编演了抗美援朝的活报剧。我那时个子高挑白白胖胖，是扮演美国少爷兵的不二人选。演出时，志愿军怒火万丈，举起枪托痛打少爷兵，打得既认真又动情，我因此受了不少皮肉之苦，只好自认倒霉。更晦气的是，从那以后，少爷兵便如影随形，成了我最不愿承受的外号。

有为，如今，一想起那些慷慨悲歌热血沸腾的日子，我仍然心潮难平。我们争先恐后报名参军，有的还咬破手指写了血书。我年龄最小，才十四岁，不够线，只能唱着苏联歌曲“再见吧，妈妈”，眼泪汪汪地把一批又一批奔赴前线的同学送上火车。

一转眼五六十年过去了，只要闭上眼睛，那歌声便油然而出，萦绕于心：“听吧，战斗的号角发出警报，穿好军装，拿起武器。青年团员们集合起来，踏上征途，万众一心，保卫国家。我们再见了亲爱的妈妈，请你吻别你的儿子吧……”再睁开眼面对当今的繁华，真有恍如隔世的感觉。

现在，会唱《共青团员之歌》的人越来越少了。有为，你还会重新唱起这首老歌吗？我会。我会唱到泪流满面，好像又回到了那豪气入云而又令人心碎的时刻。

历史不该那么轻易地被人弃之脑后，何况还有千千万万把自己

1950 年冬天，从火连寨梨树沟回城的山路上，我一失手把排球扔到了她的头上。

年轻的生命留在异国他乡的热血男儿。一粒子弹或一块弹片就可以使一条鲜活的生命永远沉默。是他们，承载着历史的沉重与痛楚，而许多献身者，在墓碑上却连名字都没有留下。本来，新的人生驿站还在远方召唤着他们。或许，一个山村姑娘在村口的老槐树下望穿秋水，等着曾经海誓山盟的小伙子抱起她跨过火盆……

有为，我们已然把许多驿站都留在了身后。不知道命运是否安排我们就在这里下车，还是老滋老味地指点江山，风尘仆仆地继续蹒跚前行？

祝老兄一路平安！

维先

2009.12.25 于苍梧

我有两双眼睛两颗心

有为：

近来，我常常有一种奇怪的感觉。我似乎长着两双眼睛：一双看着当今，一双看着往昔。我似乎拥有两颗心：一颗用来铭记，一颗用来遗忘。少时，咱们读《为了忘却的纪念》，便以为纪念过了，就真的忘却了。后来，在漫长的半个世纪里，咱俩果然相忘于江湖了。可是，当繁复曲折的人生之旅，历经百转千回，陡然撞进汇入大海的空阔江面，当我抖落一身红尘，变得前所未有地淡定从容，闲云野鹤般优哉游哉，才倏然发现如烟往事有时并不如烟。原来，当年的一切，还有另一颗心替我收藏着哪！从此，我开始责备自己，为什么忘记了许多不该忘记的人，为什么自己在太长的时期里都不知道感恩，不知道深谢那些为我的生命之舟扯起风帆的人？

譬如我的几位老师。没有他们，也许我此生不会拿起笔杆子。初中时，在两眼一抹黑的本溪，我很怯，很腼腆。毕业于四川大学的邓老师盯上了我。他口吃，总是让愿意朗读的人举手示意，而我是从来不举手的。可他偏偏叫我起来朗读。我脸涨得通红，心怦怦直跳，念得结结巴巴，满头大汗。越是狼狈，他越是叫我念，堂堂如此，课课不落。渐渐地，我脸不红了，心不跳了，念得也顺溜了，后来又有了抑扬顿挫，再后来竟开始注入感情，读得有声有色了。

就在我对语文课兴趣渐浓的时候，邓老师消失了。多年后才听说，他被当作暗杀闻一多的凶手押回四川，差一点上了刑场。冤情大白后，他又回到本溪重操旧业。只是头发花白了，讲起课来更加口吃了。

接替邓老师的，是一位性格孤僻各色的杨先生。他脸上鲜有笑意，没开口先脸红。他总是踩着上课铃走进教室，下课铃一响便飘然而去，从不跟学生多说一句话。他讲课多一字太多少一字太少，像发电报一样字斟句酌。据说，他也是川大毕业的，但有的同学插科打诨，怀疑他是从电报局调来的。上课时，他常常无端地把目光投向我，盯牢我，让我如坐针毡，不敢稍有苟且。后来，他突然在讲评作文时把我叫起来朗读我那写本溪之夜的小文章。我又重现了结结巴巴满头大汗脸红脖子粗的狼狈相。但杨先生似乎并不介意，而且于嘴角一隅闪出一丝稍纵即逝的笑影。这难得一见的微笑对我实在是极大的鼓励。不久后，在全校作文比赛中，我以一篇苏联电影《金星英雄》的观后感获得第一名。我一时兴起，把这篇文章寄给了《大众电影》杂志社，随即就忘了个精光。突然有一天我收到了来自北京的聘书，《大众电影》邀请我当特约通讯员。一个初中生被全国发行量最大的文艺期刊聘为通讯员，每半个月把一份装在牛皮纸封套里的赠刊寄到本溪一中，每一篇稿子和信件都由固定的编辑回复，这在全校师生中引起了不小的轰动。从此，我像上足了发条似的写呀读呀，整天沉浸在痴痴迷迷的状态之中。

本溪高中十分强势，崭新的校舍和教学设施都照搬苏联，至今高考率几近百分之百。讲语文的王老师于神秘倜傥的微笑中，略带鼻音的娓娓叙述，迷住了男生，更倾倒了女生。他会突然甩开课文，大讲《安娜·卡列妮娜》，讲恋爱像岸边看水中荡舟，满眼诗情画意。而婚姻则如同逆水行船，甘苦自知。一席话把满屋子青涩男孩讲得目瞪口呆一头雾水。

报考高校，父母随我高兴。我自己却挡不住“学好数理化，走遍天下都不怕”的裹挟，报了东北工学院。毕业班语文老师兼班主任许先生找到我：“九十九个毕业生全都报理工科，你怎么也随了大流？”这位来自川大的老师儒雅含蓄，从来都用爱惜有加的眼光瞄着我，希望我能够成为像他一样出类拔萃的语文老师。我无法抗拒他的殷殷厚望，最终考进了东北师范大学文学院。

多年后，我与同班同学任素斌结为伉俪。许老师专程送来两支紫身银帽的圆珠笔。20 世纪 60 年代，圆珠笔可是很金贵的哟！我知道，许老师赠我珠笔，是别有深意的。他期望我永远紧握手中的笔，文思如泉，字字珠玑。一想到这里，我便为之汗颜。2000 年我回本溪拜望他，才知道许老师早已驾鹤远去。我永远无法回报他对我的厚爱了。我反反复复责问自己：为什么我的感恩和回馈总是姗姗来迟？我那两颗心都默然无语，难以回答……此后，当我闭上双眼，另一双眼睛里油然映现出帅气文雅的许老师，看到他又在击节赞赏鲁迅的小说，习惯地将手中的粉笔向虚无中重重一点，嘴也同时朝右发力，用标准的四川口音，字字千钧地迸出四个字：“写

1964 年秋天，我们回到本溪结为夫妻。当年的班主任意味深长地送了两支当时十分珍贵的圆珠笔。

得——好哇！”

余言尚多，改天再谈。

维先

2010.1.10 于苍梧

与狼同行

有为：

往事一旦涌上心头，便如同抽丝剥茧，越聊话头越多。

1951 年，眼看战火烧到鸭绿江边，本溪一中才潦潦草草搬到火连寨。一天，我做完值日生，天已黄昏，只好一个人回宿舍。那宿舍是借用老乡的民房，在一个叫梨树沟的山洼子里，离火连寨有很长一段路。我背起书包向荒野走去，只见夕阳簌簌下落直奔山坳，四周一阵阵黑下来。我倏然感到有人相跟。猛回头，傻眼了。原来，我身后跟着一匹心怀叵测的野狼。

其实，狼已经陪伴我多时了。每天睡下来，几个男生在冰凉的土炕上挤得紧紧的，午夜冻醒，憋了一泡尿却不肯到外面去撒。一则袜子早已跟棉胶鞋冻在了一块，二则外面狼嚎阵阵，让人寒毛直竖。实在憋不住了，硬着头皮跑出去，面对冷月下雪光皑皑的远山，耳听野狼们此起彼伏的呼唤应答，那滋味，真够我这个十四岁小子喝一壶的。

我记不清这里离狼群出没的火连寨还有多远……

这下好了，狼真的来了，就跟在后面，不远不近，不紧不慢。它是在研究我的实力，考验我的胆量，还是胜算在握，完全不在乎我的反应？我突然感到内急，而且急不可耐。正好前面有一片树林。我紧走两步，那狼竟也加快了脚步。我在林中一棵树旁蹲下，那狼垂着尾巴一屁股坐在林子口上，堵住了我的去路，灰绿色的眼睛盯着我，一刻也不肯松懈。我一面蹲在那里方便，一面搜肠刮肚寻找摆脱它的办法。在嗖嗖的冷风中憋出一头汗，却仍然满脑子空白。最终，我不得不横下一条心，从野狼身边走出树林。野狼并没有疾风迅雷般猛扑上来。我也没有成为它丰盛鲜嫩大快朵颐的晚餐。莫非，它野性勃发的最佳时机还没有到来？

前面，梨树沟外的村庄亮起了灯火。我的救星来了！我紧走几步进了村子，长长舒出一口气。回头看，那野狼站在村外，远远望着我，灰绿色的眼睛里竟隐隐透露出一丝暖意。回想起来，那或许是狼性与人性交织的眼神吧。那眼神里似乎写满了莫名的寂寞，旷世的孤独。

九年后的1960年，在传说中狼群出没的鄂尔多斯，我并没有邂逅草原狼。那几年，一个个饿得眼睛发绿。就连羊也缺吃少喝，成了纸糊的灯笼。树叶子、脱粒后光溜溜的玉米棒子都拿来当宝贝，晒干，磨粉，烤成黑不溜秋的饼子。那饼子吃起来粗涩不堪难以下咽，拉起来龇牙咧嘴大汗淋漓，比动外科手术还要痛苦。与我同住一口窑洞的青年教师，动不动就涕泪涟涟。原来，他因言获罪，在下乡劳动时说了一句“同学们，我们吃的不是黄土，不是沙子，而是土豆”就被认定为反党反社会主义，还开除了团籍。他说他父亲虽为地主，却是个两面派村长，给共产党做了许多好事。我这人心软，爱冲动。听了他几次三番的哭诉，我居然好了疮疤忘了痛，又一次像1957年那样热血沸腾，无法自制，在教工团支部会议上发难，对党支部提出质疑。党支部书记怒不可遏，要把“反右”时有“前科”，现在又大刮右倾翻案风的周维先打成反党反社会主义分子。幸亏伊克昭盟盟委派工作组来校调查此事，认定我是对的，才平息了一场旷日持久的风波。那位吃土豆差一点吃成反革命的同屋，因此成了我的老铁。老铁家境困难，动不动把《萌芽》《草原》寄给我的百元稿费主动拿走。那时，一百元相当于工人四个月的工资。我对此从不计较，甚至觉得有能力帮助朋友，是人生一大快慰。

八年后，伊克昭盟师范学校的革命小将将我押回去接受批斗。那天，我被反扭着胳膊压弯了腰，踉踉跄跄进入会场，“周维先不投降，就叫他灭亡！”的口号声震耳欲聋。当我被揪着头发抬起头来，才发现，主持批斗会的正是吃土豆的老铁。他竟然在一连串提问之

有同事，有学生，有校长，也有小人。怀旧足矣！

寂寞难耐时，到公署礼堂学放电影。

后，声色俱厉地问我在师范学校有什么罪恶。我眼都不眨，直盯盯瞪着他，全身的毛发似乎都在一根根竖立起来。我相信，只要可能，我的眼睛里会喷出呼呼啦啦的火焰。我尽力稳住自己，放开嗓门，大声回答："如果我在师范学校有什么罪恶的话，那就是替你这个反革命分子翻过案！"

会场突然静如深山。老铁张着嘴定格在台上。我看见，他那不知所措的眼神里，错杂着人性和狼性。短暂的停顿之后，会场一片哗然。批斗会开不下去了。我也在最恰当的场合用最决绝对方式结束了跟吃土豆老铁的情谊。从此，我继续做我的"反动文人"：隔离便隔离，劳动便劳动，斗批便斗批。他这个造反有理的大红人却在一夕间黯然失色，从此没人待见。"文革"后，悄没声息调回安徽老家去了。

说实在的，我心里也很茫然，很痛。人情百味世态炎凉让我参不透，看不懂。与狼同行时，我曾在野狼眼里看到过人性的暖意；而与人同行时，我却在朋友的眼里看到人性身后游走着豺狼的幽灵……

终于，二十一世纪第一个春天，我接到了你从遥远的瓦房店打来的电话。有为，穿越四十七年的时空，你的友情向我走来了。不思量，自难忘。有为，谢谢你！激动之余，我写了一篇题名为《让我们回忆少年时光》的散文，发出压抑已久的浩叹。人间自有真情在，真情可遇而不可求啊……

愿友谊地久天长！

维先

2010.1.23 于苍梧

如梦即梦

有为：

都说人生如梦。大半生走下来才发觉：一个“如”字哪里够用？

小时候，许多梦在我心中疯长，像春天的野花在阡陌纵横的大地上争奇斗艳。那花朵开得好恣肆好绚烂哟！做明星，做导演，被父母当头一盆冷水。那怕什么？还可以做画家嘛！我的人物速写老师给了 120 分，在相当程度上膨胀了我小小的野心。可不知为什么，在没有当头冷水的情况下，悄没声息地淡了下来，又迷上了话剧剧本。整整一个闷热的夏天，我坐在苏州草桥图书馆一个接一个地读。读来读去，对于吴天、洪深、陈白尘、田汉、曹禺愈来愈顶礼膜拜，视若神圣。再后来，在父亲的书箱里翻出一个欧美文学选本，大人国小人国的故事让我沉醉在艺术想象的天地里，晕乎在半梦半醒的状态中。我像中了魔法一样一头栽进文学的大海里，再也无法找到上岸的地方……有为，就是这样一个又一个来自文学艺术的美梦层层叠叠熙熙攘攘，终于在我这个不知天高地厚的少年心中氤氲渲染出一道永生不灭的七彩长虹。这道彩虹至今仍然辉耀着我老去的人生，让我在从容淡定之中听得到天籁般的空山鸟语，看得见心灵的花朵在迷离的彼岸静静地开放……

我在苏州的最后一个住处醋库巷，距东吴大学不过一箭之遥。很想看看大学是什么样子，可总觉得那是一个非常神圣的地方，不敢贸然闯入。有一天，我壮了胆子走进东吴校园，立即被眼前的一切惊呆了。我看见：碧树浓荫环拥着风格各异的欧式洋房，无花果树安详地伫立在鲜花绰约的草坪上，花白头发的老教授仙风道骨长衫飘曳，把书本和笔记侧捧在胸前的女生，阴丹士林布旗袍和白色短褂相得益彰，在身后留下一串纯情的笑声。天哪，这里和外面黑白相间的水巷民居真是天差地别。哦，东吴大学，哪里是一座学校，那简直就是人间天堂啊！

十七岁那年，我带着不醒的文学梦走进天堂般的大学。东北师大虽然没有东吴大学那样的优雅精致，却也书香浓郁，聚集了一群名士。1954 年，文学院刚刚调走了吴伯箫、穆木天和韦君宜，但是“五四”以后于“创造社”门前抡板斧，后来投笔从戎走完两万五千里长征的传奇人物成仿吾，仍然在师大领衔。系里又有蒋锡金、张松如（公木）、杨公骥、傅茵波、吴伯威、郎峻章、逯钦立、思基等学者闻人，个个学富五车气度不凡，足以满足我求知的渴望。更何况，中文系依偎着烟水浩渺的南湖，水天相接的远方迷蒙着神秘的净月潭，为我营造了绝佳的梦境。我最喜欢的事莫过于晚自习后，就着街树月影，漫步在铺着小小石块的自由大路上。那清脆的足音和风吹树叶的沙沙声，至今仍在我耳边回响。那时节，婆娑树影间隐隐约约的教授小楼总会让我浮想联翩。听说郭沫若又来看成仿吾了，他们此刻是否正手捧香茗促膝长谈？开学不久，老校长就用土得掉渣的湖南腔给我们讲了一下午长征故事，少见识的娃娃们一句也没听懂。有的竟昏昏欲睡，流出好长的口水。他跟郭老交流，应该没有语言障碍吧？

长春虽然留下了满洲国的阴影，仍然不失为一座美丽大气的城市。这里春天没有苏州香雪海和西山那样的梅海奇观，却可以看到满城的丁香绽放着芬芳的青春和淡淡的忧伤。这里秋天不闻金桂摇香，却会在中秋月明的夜晚挥洒漫天大雪，在你猝不及防之时尽显大家风范。在这座城市里，我走进了一个更加宏阔的梦境，收获了更多的友情。我不会忘记报到那天第一个向我伸出手来的袖珍男孩庞玉田，他的絮絮叨叨喋喋不休，他的机智、炫耀和博闻强记，他眼镜后面一闪即出的鬼点子，以及他在关键时刻绝对不越雷池一步的警觉，都不会令人生厌。很可惜我们只在中年之后于松花江畔有

自由大路走到尽头，是一座满洲国建筑。那时，已改作空军疗养院。

过一次短暂的重逢，此后便得到他撒手人寰的消息。当时，我的心被刺了一下，随后便觉恍然。这怎么会是真的？只是一个梦而已。再到哈尔滨，我还要去会会我的袖珍学友。我会见到他的。不是吗？

有为，只要生命在，人生在，梦就不会终结。我们将终其一生在无头无尾的梦境中穿行，直到深深一躬向滚滚红尘谢幕的一刻。

祝你好人好梦！

维先

2010.2.28 于苍梧

戏梦　梦戏

有为：

常言道：人生如戏。有的像连台本戏，回环曲折，酸甜苦辣，极尽世态炎凉尘网况味。有的则像折子戏，大起大落，起承转合，只在俯仰之间。那千种悲欢万般离合演绎出各自不同的命运，宿命一般贯穿在看不见尽头的梦境之中，是谓：戏梦人生。

细想起来，好戏还是有的，甚至不无精彩之处。高中毕业后，你南下大连，我北上长春。不像在本溪，你住溪流彼岸，我居溪流此岸。一个乡里一个城里，打招呼只需拍拍手喊一嗓子。没等高山响起回声，你就蹚水而来，和我并肩上学。分别后，刚刚咀嚼出淡淡的失落，鸿雁便衔来了你的书信。你的信笺几近透明，或海蓝，或鹅黄，或藕荷，像曙光中的“朵云”，美不胜收。有为，我要深谢你，你让我在完全陌生的环境里感受到了来自远方的温暖。

诚然，除了友情，总还有点别的……

我鼓起勇气邀她划船。当然，你知道“她”是谁。那天，长春胜利公园人工湖里只有一条船。真像做梦！这是我平生第一次划船，我俩又是第一次在空旷无人的水面上单独面对，你可以想象我有多么紧张。到了湖心，那船只在原处打转。我费了九牛二虎之力，才划回湖边。她自始至终默然无语。我光忙乎，光出汗，什么也捞不到说，也不知该如何说。

你知道，高中时她是咱班文娱委员。每逢节日，她总要安排我演节目。从新疆舞《天山之歌》到高尔基的话剧《怪人》，我都十分卖力。记得，在临时化妆间，她拿起火剪给我烫头，吱吱啦啦一股糊巴味，把我搞得汗流浃背。想起来那竟是我们数载同窗第一次也是唯一一次亲密接触。之后，便一切如常。毕竟，那是一个高度含蓄内敛的时代哟！更何况是在中学！毕业前，我送她一本郭沫若的《女神》，还在书页中夹了一首我写的《女神》。她收下了，并没有回音。有为，这是我生命中的初恋。尽管只留下一个无言的结局。

我们约会后不久，一位女生竟主动提出要我周末陪她游南湖。我大为惊诧，不好当面婉谢。星期天，我招呼了一伙同学，租了两条船。我着意把那位女同学跟团支书安排到一条船上，热热闹闹玩了半天。团支书是个君子。他对那位女同学早有好感，却从不溢于言表。自从他俩上了一条船，竟迅速升温，出双入对，成了令人艳羡的恋人。此前，这位除夕之夜全班推选出来的“古典美人”，被一位诗人苦苦追求而不得。这回，她完完全全坠入了情网。我为好朋友高兴，也为古典美人高兴。他俩看上去很幸福很般配。我自己的事却踏步不前，一筹莫展。

三年级时，听说“她”住院了。我去地质学院医务所看过她。可病房里又能谈什么呢？毕业前，我一口气跑到长春地院，只见地质宫人去楼空，唯有废纸片被秋风吹来吹去。我满怀凄凉乘火车向南，向西，再向西……任随对未知世界的惶惑和车窗外漫溢而来的荒凉，

这张照片一直镶嵌在一个袖珍的竹相框里，陪伴我度过许多枯寂的时光。

她也曾在长春地质学院的小路上徘徊又徘徊……

缠绕我孤独的心。分配到内蒙古的同学三三两两先后下车了。到达终点站包头时，只剩下我一个人形单影只茫然四顾。我不得不在车马大店的大炕蜷上一宿，再渡过黄河，走向去鄂尔多斯高原的漫漫长途。

从此，我的情感历程更加扑朔迷离。我跟“她”还有可能吗？即便可能，我又怎么忍心把她也拖进大漠孤烟之中伴随我走过无涯无际的生命苦旅呢？

团支书如何呢？他与我背道而驰，发配到内蒙古最北端——离中苏边境不远的扎兰屯。大鸣大放时，我们四个血气方刚的小年轻联名贴出一张大字报。没过几天，“长脖子”在年级大会上跳起来大叫：“这是一个反党小集团！”团支书挺身而出，主动承担责任，用自己的脊背扛住了闸门。他打成了右派，而我幸免了。批判他的那天，许多人都落泪了。落泪的人被左派们斥为“右倾”和资产阶级小资产阶级温情主义。临了，古典美人也不得不与他黯然分手。1958年秋天，团支书独自扛着沉重的行李走向遥远的边境，走进政治高压和长长的孤寂之中……

五十年后，当年的血性男儿已然霜雪满头。我们相约春光烂漫时在青岛聚会。改革开放后团支书曾荣任大学校长。此时，他已经功成身退，并在前妻病故后又有了第二任妻子。新嫂子很大度，叮嘱团支书到车站迎迓故人。款款走来的古典美人依约当年，并没有十分见老。茶话叙旧时，她先是强忍哽咽，继而泣不成声。我这才真切地体味了什么是刻骨铭心，什么是情何以堪，什么叫爱是不能忘记的。说到底，还是杜拉斯一语中的：“爱，只有无可企及时才作为爱而存在。”

“长脖子”也来了。他已罹患绝症。我迎上去跟他握了手，还主动拥抱了他。半个世纪过去了，所有的荣辱恩怨都已付诸滚滚逝

新闻热线:96009

13版

两张照片六十年

秦光宗

这张四小伙穿西装的老照片，是我们1954年在长春市东北师范大学中文系念“大一”时拍下的。那时，我们既不同班也不同寝，只是我们自认为是全年级最精神最帅气的小伙，于是在学校一次周末舞会后，我们在华尔兹的余韵中自信满满地拍下了这张有趣的四人照。我(右一)穿的西装是为了参加舞会专门找同学借的。

1958年大学毕业，我们四人天各一方。我因“大三”任团支书被错划为“右派”，去了最北疆的呼伦贝尔被监督劳动改造，刨永冻层修铁路，铲地割地晒场，打草放牧赶大车挂马掌，炸冰拉网捕鱼……后来到中学、大学任教。周维先(左二)去了鄂尔多斯教书、写作。“文革”中挨批斗伤残了脖颈，如今照片里他只能歪着脖子。他编写的电影、电视剧《早春一吻》《小萝卜头》《陈圆圆》《花开有声》等都曾在央视播放，而且得过飞天奖、金鹰奖，退休前任江苏省连云港市文联主席，党组书记，江苏省电视艺术家协会副主席。其他两位比较顺利些，于亚中(左一)先是在哈尔滨等地中学当老师，后回到长春母校任教，系全国语文教学法研究会副会长兼秘书长。崔奎生(右二)到山东先教大学，当教授，后又到山东警察学院任教。多亏他精心地保存了这张老照片，我们的都在“文革”中遗失了。

我老伴儿孙秀兰是沈阳人，1960年从沈阳卫校毕业支边去了呼伦贝尔。退休后我们一起回到沈阳定居养老。2014年金秋，大学同窗们来到沈阳聚会，我们欢歌笑语，热情相拥。叙往事，感恩师。我陪同窗们游北陵，逛帅府，观故宫。觥筹交错中，六十年悠悠往事，尽付笑谈中。在九·一八历史博物馆，在北塔公园，我们四人又按当年的排序留下合影。1954–2014，一个甲子，一个轮回。历史的一瞬间，却几乎是个人的整整一生。两张照片承载着六十年历史的风风雨雨，个人的起起落落，彰显着生命的顽强与璀璨。

当年的血性男儿，如今在《沈阳晚报》发布了两张相隔六十年的老照片。

水。君子一笑，心照不宣。这就够了。后来，同学们合出了一本文集。团支书没有写北疆无爱的冬天如何严酷，也没有提及在风口浪尖如何为朋友两肋插刀。他写了当年从四川万县到长春求学，零下三十五度还光着脑袋，是我把自己的棉帽子送给了他。区区小事，我早已忘到脑后，而他竟在漫长的五十年中一直铭记于心。有为，这么纯粹的友谊是不是越来越罕见了？当我们白发相对，回首如戏似梦戏梦难辨的人生，含着泪水抚掌一笑后紧紧相拥时，谁又能心如止水呢？

珍重！

维先

2010.3.13 ~ 20 于苍梧

性情内外

有为：

许多箴言都已烟消云散了，只有一段话始终萦回不去：如果做石头，你要做磁石。如果做植物，你要做含羞草。如果做人，你要做性情中人。

内敛、内秀而不乏磁力的团支书，或许就是大文豪雨果这几句话再形象不过的注脚。而我，一直以他为典范，时时不忘对于正直、担当、与人为善这八个字的坚守。有为，文人墨客谁不渴望放达于至性至情之中？可又有几个人跳得脱代代相承的东方伦理？一个"藏"字销蚀过多少啸傲狂放？又丰盈过多少风华神韵？都说藏而不露才能留下想象的余地，才足以平添若干神秘，才富有经久不衰的魅力。言之有理。但大千世界芸芸众生，只此一家方能领取生命之路的通行证吗？

刚进大学时，率性得很。我可以在考试前夕跑出去看一夜罗马尼亚云雀歌舞团。结果，齐刷刷一片五分之中，唯"马列主义基础"

得了四分。墨西哥电影《生的权利》，我一口气看了三场还觉得意犹未尽。我至今仍熟记阿尔贝托和黑妈妈最精彩的台词："母亲的胎盘、母亲心脏的跳动，是孩子第一个摇篮。""虽然她的皮肤像地狱一样黑暗，可她的心比太阳还要光明。"那时的长春热闹得很。不管是袁雪芬、范瑞娟现身吉林人艺公演越剧《梁山伯与祝英台》，还是到长影为一部喜剧通宵达旦当群众演员，甚至于周信芳舞台生活五十年纪念活动，我都跻身期间，乐此不疲，当作盛大的节日来过。麒麟童撩着袍子"跑城"的情状，精彩纷呈，历历在目，一如昨天。

那几年，阅人阅世渐广渐深，性情二字却带给我越来越多的困惑和迷惘。茅盾来了。他开讲座，我奉命做大会记录，都在主席台上，真正是近在眼前。我战战兢兢，第一次感受了不可承受之重。此前，我已读过他的《子夜》。最突出的印象是写人性写情爱十分大胆，对股市对资本的揭露凌厉泼辣入木三分。可那天，茅盾表情呆滞，声音细微，叽叽咕咕，就像在家里自说自话。我绷紧神经竖起耳朵也没有记下几句完整的话。我心生疑问：这真是那个因《子夜》而叱咤风云的文学巨匠吗？怎么会如此含含糊糊语焉不详，甚至看上去有些萎靡不振神不守舍？莫非，他这样的大人物置身变幻莫测波诡云谲的时世，也免不了为一个"藏"字煞费苦心？当夜，我不得不到长春市电台，把耳朵贴在录音机上反反复复求证了一个通宵，才整理出他这篇题为《劳动与文学》的报告。

那时，郭小川以他的《向困难进军》《致青年公民》纵横诗坛，驰誉全国。他那些楼梯句式，如地心岩浆喷薄而出，点燃过无数年轻人火辣辣的革命豪情。可眼前的他与我的想象大相径庭。两个小时的讲座平淡如水，令人兴味索然。哪里有马雅可夫斯基怒目金刚横扫千军的磅礴气概？哪里有郭诗中如阵前战鼓般轰轰烈烈的奔放激越？令人痛惜的是，即便如此审慎，“文革”中诗人仍难逃一劫，在看到曙光之后醉死于熊熊烈火之中。

张光年（光未然）更是我翘首以待的重量级人物。他的《黄河大合唱》以史诗的悲壮和博大令整个中华民族在最危险的关头绝地奋起殊死一战。可他的表现与作品之间的落差不亚于飞流直下的壶口瀑布。他看上去就是一个板板正正的行政干部，中规中矩的人民勤务员，例行公事般面无表情地讲着那些人云亦云的套话。当年，忧国忧民登高一呼喷发出的汪洋恣肆，早已无影无踪。我很失望，也很纳闷。才华和激情是诗人不可或缺的灵性之本。是被岁月磨光了，还是顾左右而言他，把神龙见首不见尾的灵光一闪掩藏到深山老林里去了？

只有蔡其矫挟风带电，以诗人的强大磁场令我如醉如痴热血沸腾。那天，我冒雨去听他的报告。风雨中，他突然出现在林荫道上。他广额长发，器宇轩昂，长长的深色风衣随风鼓荡飘飘洒洒，一副超拔不群的气概。我不由得赞叹：果然文如其人！他连讲了两天惠特曼，把诗人信马由缰奔放不羁的艺术想象和狂飙突进纵横捭阖的强悍气势渲染得一如浩浩荡荡扑面而来的排比句。而当时的蔡其矫不仅是中国版的惠特曼，更是一个创意版的惠特曼。他气势如虹的长句，一往无前的动势，再现了中国五十年代意气风发的时代风貌。但是，他还是比惠特曼多了些柔情，多了些意境，多了些泼墨之外的小写意，多了些粗粝犷悍所不能及的神秘意象和魅力独具的东方神韵。他是我在师大求学其间最为心仪的艺术家，一个足以让我为之倾倒的性情中人。

当然，我们的老校长成仿吾早在 1918 年就已经很见性情。他与郭沫若于东京共同组建了文学团体“创造社”。他如临大敌般在

居中者，校长成仿吾也！身后的毕业生像是非洲来的。

为什么一个个都是黑炭团？反右后，取消了哈尔滨实习和毕业论文，吆喝到新立城水库往大坝上挑土，直挑到浑身散架，才宣布在劳动中毕业。

门口抡起板斧，就曾经轰动文坛，并成为“五四”时期无可替代的文化符号。他努力践行其“表现自我”，以内心要求为原动力的文学主张，发表了一首很自我的短诗《静夜》。没想到，三十九年后一个丁香盛开的春天，他竟然把一座青春勃发的校园变成了全然没有自我的静夜。东北师大书声琅琅百花如云的黄金时代在一夕风雨之后繁华落尽黯然收场。

悖论。一个性情诗人匪夷所思的悖论。

今天，面对绚烂如玉的梅花落英缤纷，人人感叹春天的凋零。而我却不由得扼腕问天，是否因了感喟性情的戕害青春的凋零，梅花的落英才像纷纷扬扬的六月飞雪？

有为，总会有一个又一个悖论伴随我们的生命旅程。那漫漫旅程因了无法回避的悖论而让性情山重水复朝云暮雨，在风云际会的T型台戴上各色面具华丽转身，方能尽显人性嬗变的千姿百态。你瞧，在人生风景线上，这性情内外折射出的世间万象，不也是非常耐看的好戏吗？

平安！

维先

2010.3.19 ~ 4.3 于苍梧

在天地间　我是一个偶然

有为：

此刻，我目光的尽头是我的一生。而我人生的后面红尘万丈熙来攘往，各路英雄风云际会。为了什么？名耶？利耶？天可怜见，为了其中任何一个字，都足够你忙碌一生。人之初，尽头看似很远，似乎一日真的长于百年。孰料一转眼，烈日当午；再一转眼，日落乡关了。终点站赫然在目。环顾八荒，禁不住捶胸顿足对天长叹：白茫茫大地真干净啊！干净得令人不寒而栗，叫人悔不当初。是啊，不管你权倾当朝还是富甲一方，都是赤条条来赤条条去。只有在跨越生死门槛的瞬间，岁月才画龙点睛——在戛然而止的一刻，真正体现了公平与正义。

几十年间膨胀起来的欲望如烟散去，或当是了悟超脱的开始。背对红尘，淡出江湖，忘情于清风明月闲云野鹤，在似有若无的禅意中返璞归真。原来，这才是我要的生活啊！于是，几乎只在一夜间，不是成了艺术家，就是成了哲学家。淡定之中，放眼四外，那宇宙

儿子改变了我生命的意义。

太大太大，而我太小太小。那么，太小太小的我怎么会来到太大太大的宇宙之中呢？莫非我自己就不是一个莫名其糊涂的偶然？

试想：如果 20 世纪初，那个率性倜傥的周鸿宾，没有在龙凤花烛夜，不顾父母之命媒妁之言，丢下素昧平生的新娘，只身逃出宜兴城；如果在苏州武备学堂，周鸿宾对同盟会置之不理，没有被鼓噪得风萧萧兮易水寒，义无反顾投身辛亥革命，跟着沪军冲进南京天堡城；如果此后他不曾追随朱庆澜将军奔向冰封雪锁的松花江，而朱将军在哈尔滨没有与著作等身的何枚生义结金兰；如果将军那

老二无疑是长河中又一条溪流。

天没有心血来潮，破天荒做了一个大媒，随之，又铛啷啷掷出许多银洋，让穷搜搜的周鸿宾在江浙闽粤会馆风光八面迎娶了教育局长何枚生的爱女……有为，如果这其中任何一个链条松动脱节，这世界还会有我吗？

即使有了我，如果周氏这一代最后一个传人，几经日本鬼子狂轰滥炸，在东台客舍的废墟之下未能幸免于难；如果在长江的小船上撞见日本巡逻艇之前，没有来得及把装有军服的皮箱投进江中；如果在苏州城门鬼子搜身，发现了裹在身上的违禁物品；如果那一天上学路过日本人住处时，呼啸而出的狼狗不仅把我撞翻还毫不犹豫地将我撕成碎片；如果 1945 年上海反反复复的空袭中，嚼着口香糖投弹的美国飞行员不分青红皂白把我们一家炸上了西天……有为，只要其中任何一个“如果”不幸成为事实，咱俩就不会在纯真质朴的 50 年代相逢于太子河畔了。

活下来了，就没有偶然了吗？如果从上海工专毕业后，大哥周绍先没有到位于闸北的大丰纱厂做技术员；如果他错过了话剧《好事近》的排演，未曾与来自宁波的周琪苇搭档，饰演即将走进婚姻殿堂的情人；如果剧中人四目相对时，他们心中的灵犀没有在刹那间倏然相通；如果纱厂老板没有像法海似地不允许职工恋爱结婚……我们全家还会跟随他们来到遥远的本溪吗？到了本溪，要是我没有进入一中，与住在溪湖半山腰的小姑娘任素斌成为同窗，我哪里有机会把平生第一首情诗《女神》，夹在书页里悄悄送给她？十年后，当我邂逅一个又一个女孩，却神不守舍四顾茫然的时候，她已经坚守了四千个日日夜夜，在千里之外的锦屏山桃花涧默默遥望着我……哦，有为，如果没有这许许多多的偶然，怎么会成就我和她一世的情缘？又怎么会拥有一个像我一个像她的两个儿子？儿子们又怎么会生出虎头虎脑人高马大的两个孙子？

诚然，一个偶然可以决定我何时生何时死，可以决定我与谁陌路相逢，与谁失之交臂。一个偶然也会骤然间改变命运，以至改写人生。譬如，1957 年春天，如果我没有在大鸣大放的高潮中突然高烧住院，我十有八九会戴上资产阶级右派分子的帽子，而且一戴就是二十二年。二十二年后的我，还会是原来那个周维先吗？面目全非的周维先，还会一如当年痴心不改意气风发吗？我的生活我的事业我的爱情和婚姻会不会跟着我的苦难一样灰头土脸不堪回首？

后来，儿子们又生出了孙子们。哦，我又有了未来的未来。

1968 年，如果我在受尽羞辱后难以解脱，像韩克老师那样突然崩溃，夜深人静时爬到井边，了断一切尘缘，我还能回到故乡江苏，还能有幸遇到那么多知己、知音、伯乐，使我得以在中年时光找回久违的创造激情和人文情怀吗？

是啊，这个世界拒绝所有的如果，却不得不接受每一个偶然。因了那一个又一个如此这般的偶然，我们的人生常常在无法预知的迷茫中走向必然。此乃宿命，命运之谓也！有为，天地间偶然的我巧遇偶然降临人世的你。偶然的相遇，偶然的目光交接，偶然的并肩而行，使我们成为终生不渝的友人。

我能活成今天的我，我能拥有当下的一切，我能于生命的余晖中享受与天地对话与朋友交心的快乐，怎能不感谢给过我生命给过我苦难给过我超越给过我幸运的每一个偶然？

不仅是我。其实，每个人都可以说：天地间，我是一个偶然。

有为，愿我们之间的偶然化作跨越心灵的长虹！

维先

2010.5.7 ～ 15 于苍梧

逝水墨痕

几时杯重把
昨夜月同行

沧桑无言　对酒当歌

一路蹒跚走过了年轻时光，可曾有过美好的日子？似也有过。只是太短暂。短暂得让我不敢相信，它确凿无疑是真实的存在。那些阴霾的日子气压如此之低，低得我喘不过气来。我常常感到窒息，感到无法言说的荒凉和孤寂。在黯淡的岁月里，普希金的《致恰达耶夫》给了我一抹亮色。或默默吟咏，或大声朗诵。吟哦时，低回于旷古草原；朗诵时，奔突在荒漠死海。而头顶上，那穹庐像一口大锅，兀自扣下来，扣得死死的，几乎不留一丝缝隙。可我还是顽强地活了下来。如今，一切已成过去。这才品味出情何以堪这四个字蕴含着多少生命的况味。

1956 年春，斯大林大街一丛丛紫丁香含苞待放。我们在长春汽车拖拉机学院大礼堂听取了毛泽东《关于正确处理人民内部矛盾的问题》和全国宣传工作会议上的讲话的传达报告。老人家支持了王蒙的小说《组织部新来的年轻人》，批评了陈其通等人的教条主义和宗派主义。哦，百花齐放，百家争鸣，端的是春天来了，热热闹

在春寒料峭之前，我们都有梦想的眼神。

放声歌唱，不需要理由。

闹地来了！中文系党总支号召：党团员都要帮助党整风，每人写的大字报，不得少于三十五张。于是乎饭厅、走廊、楼梯上下，只见那墙壁上铺天盖地一层又一层，细铁丝横七竖八挂得一帘又一帘。我是经过组织上反复考验，刚刚加入共青团不久的新团员，岂能落在别人后面？我没日没夜地写呀写，贴呀贴，还参加了墙报《不日谈》的编辑工作，满腔热情地帮助党"惩前毖后，治病救人"。谁知，那热情真的像一把火，竟然把我自己烧到了39度8。在大鸣大放高潮迭起的日子里，我十分无奈地住进了校医务所。

退烧后，回到南岭宿舍，眼前的景象如同肃杀的深秋。遍地碎纸，恰似凋零的落叶。同学相见，一个个噤若寒蝉。原来，工人阶级说话了，反击资产阶级右派的斗争开始了。最爱拿我开涮的余家骥，多年后还替我捏一把汗：周维先，你要是不住那几天医院，就是百分之百的右派！叫他一说，还真有点后怕。我那时年轻气盛，很不识趣：眼睁睁看着党委号召下风起云涌的大鸣大放大字报，突然大翻个儿，成了引蛇出洞的"阳谋"，我还不知好歹，逆潮流而上，指责反右的同学是"事后诸葛亮"。我哪里晓得，在那个节骨眼上如此实话实说，无异于飞蛾扑火。划右派的时候，我理所当然进了黑名单。当时，东北师大打右派是多多益善。中文系打了三分之一右派还有点意犹未尽，大大超过了先进地区的先进水平。也许是命不当绝，党支部书记心一软，把我当水分给挤了出去，总算没戴上右派帽子。可毕业分配，我还是享受了右派待遇，打发到内蒙古最荒凉最艰苦的伊克昭盟，一待就是十六年。在那里，我越来越像一峰骆驼，忍辱负重，忍饥挨饿，任劳任怨，埋头苦干。年复一年，任随如水的青春，无声无息地流进干旱的沙漠草原。人到中年才回到江苏，却从来没有异想天开，像当代人似的要去感动中国。

在不幸的一群中，我或许可以算作一个幸运儿。那些比我命运更不济的老右同学，有的郁郁而逝，有的罹患绝症，有的在农场改造了二十多年，终于等到落实政策的一天，农场书记却对他说，所有的右派都平反也轮不到你！可叹他忍着屈辱，掰着指头，怀着一线希望，熬过了 8000 个日日夜夜。那一刻，他绝望了，崩溃了，把自己吊在房梁上，结束了二十二年漫长的等待。还有一个南大高才生，响应祖国召唤，投笔从戎，雄赳赳气昂昂地跨过了鸭绿江。回来后，南大不再接受他，只得进了东北师大。谁料反右后期，发现他在《吉林日报》发了一篇题为《夕阳无限好》的小说，写一个资深教授走马上任，当了中文系主任。好嘛，这不明明是反对党的领导，歌颂教授治校吗？虽然那时反右已然告一段落，还硬是给他补了一顶右派帽子。在高压下，女朋友哭得泪人儿似地，与他劳燕分飞。此后，他在吉林省德惠县一个乡镇供销社卖了多年高粱酒、地瓜烧，却一直滴酒不沾。二十四年后，听说他已落实政策。我趁着从连云港到长影改剧本之便，由红旗街一路步行，沿着有轨电车的轨道，来到沉淀着我们青春记忆的自由大路。那里，中文系上课的文史楼优雅地伫立着，一如当年。好像时间仍然停留在我们风华正茂的岁月。如今，袁庆望就在文史楼对面的吉林省作协编辑《作家》杂志。我登上二楼，在一间办公室门口停下脚步。一位编辑正面壁编稿，那背影很像袁庆望。我叫了他一声。他转过脸来的一瞬，我几乎忍不住自己的眼泪。这就是当年那个清高儒雅的兄长吗？这个有几分佝偻有几分卑微的男人，分明是一个木讷苍老的闰土哇！如果不是他慢慢欠起身，愣愣地凝视我，我简直不敢相信自己的眼睛。接下来是好一阵子的无语凝噎。唏嘘之后，我想跟他痛痛快快喝一顿酒，消消心中的郁闷。他却淡然一笑，不声不响地回绝了我。

四个打发到内蒙西部的男生，我是最远的。

一次文友相聚，我把这个故事讲给作家高晓声听。他瞟了我一眼：老周，要是写成小说，你要反其意而用之：他在供销社卖了二十多年烧酒，终于平反了。在平反后的一个饭局上，他忽然发现自己能喝了，越喝越多，酒量惊人，所有的人都醉了，只有他怎么也喝不醉。他不仅吓着了别人，也吓着了自己。我被高晓声一席话说得毛骨悚然。我问他，是不是袁庆望看到了稍远处坐着一家三口，那个与他遥遥相对的女子，或许就是二十多年前挥泪而去的恋人？高晓声不语。他一口喝尽了杯中酒。

快三十年了，那个夜晚，高晓声讲的所有可以听懂的话都忘了，怎么也记不起来了，唯有这一番话，依然言犹在耳，时时在我耳边回旋。是啊，没有想象力，就像鸟儿折断了翅膀。高晓声一语中的，引起我深深的思索。为什么我至今不能振翅高飞？是因为翅膀已经折断？还是承载太多，羽翼过于沉重？

我曾历经磨难。反右熬过来了，文革却不肯饶过我。我想了很久都没有弄明白：在《萌芽》《草原》上发几篇散文小说，在业大、师范、师专讲几年文学，怎么就成了乌兰夫文艺黑线下的黑蛋？怎么就当上了“二月逆流”急先锋？怎么就该扇着耳光游遍全城？就该推进黑屋子，拿大棒子劈头盖脸地打？那时，谁看到我都假装没看见，谁见了我都像活见鬼。被揪出来的孙荣先向我点点头，革命群众邬丽生朝我微微一笑，都让我感动不已。多少年后，仍然对他俩心存感激。谁能体味，被押送的路上，高音喇叭向行人公布你“漏网右派”的档案，是一种什么感觉？谁又能想象，监督劳动时，弄一群孩子嬉笑怒骂着向你投掷石子，是什么滋味？那时候，我觉得自己无异于动物园里供人玩弄的困兽，一个剥夺了人格尊严，赤裸裸地被拿来供人取乐的动物。在如此不堪的际遇下，自杀便成了我的朋友韩克的唯一选择。是啊，已经走投无路了，已经没有人之为人的一点点尊严了，还有什么活头？

说老实话，我平时远没有韩克那么皮实，那么强悍。无路可走的我，本该一了百了的我，却硬着头皮选择了生存。那时，妻子正怀着我的儿子。我没有权利去死。我必须活下来，等到云开日出还我清白的一天。我不能让我的妻儿受我连累，因我获罪。

后来，那个把我往死里整的人失势了。我没有去整他。可是他重新上台了，却又来整我。那个人再度失势后，我对他还是下不去手。朋友问我为什么？我一脸苦笑，摇头叹息。我这个人，命中注定一辈子做东郭先生。没救了。

都说苦难可以成为一笔财富。我从命运赋予我的财富里，只取了其中的一半。几十年坎坷人生，让我学会爱，珍惜爱，却无法让我学会恨。爱使我无愧地面对过去，也让我向未来展开明朗的笑颜。同窗们在青岛聚会的那一天，我哭了，也笑了，显得十分坦然，无所顾忌。那是为什么？那都是因为无论何时何地，对生命，对亲友，我都永远怀有一份纯粹的爱。那天，妻子也动容了，还破天荒写了一首诗：

劫后重逢，开怀大笑，还需要理由吗？

倏忽半纪喜相逢，
红颜竟成白发人。
执手不忍看泪眼，
俯仰一叹百感生。

天哪，世间的爱，真是法力无边——竟然使我那从地质学院出来的妻子也变成了诗人！

四十不惑 歌剧魅影

1976 年，文化人纷纷寻找失落已久的自我。我也在漫长的冬眠之后苏醒过来。醒过来第一件事就是对着案头的笔发愣。这支笔给我带来多少无妄之灾，怎么一夜间又成了不离不弃的爱人？无奈，都三十九岁了。现在不写，更待何时？于是乎又拿起了有些沉重的笔，怀着殉情般的决绝，坠入了永劫不复的轮回之中。

可一时不知该从何写起。一天，管剧团的局长对我说，给京剧团写个本子吧！我一下子变得紧张起来。我锁闭多年的心扉，像一本突然被打开的书，所有的经验，所有的阅历，所有埋藏在心底的古今中外天南地北的人物和故事，像洪水一样决堤而出，在脑海里冲来撞去，搅得我多少天都理不出头绪来。

那是一个滴水成冰的冬天。工人村里，我那 20 平方米土坯房，局促着祖孙三代。只好从锦屏磷矿招待所借了一个对着桃花涧的大房间，室温多半在零下。我像一只困兽在里面转来转去，又是搓手又是跺脚，硬是把自己折磨得苦不堪言。倏然一个奇妙的瞬间，脑海深处漂上来一朵草原上的月亮花，在浩浩苍穹覆盖的茫茫沙漠上美丽着，摇曳着。一个月之后，以女主角名字命名的剧本《月亮花》诞生了。

为了请《草原儿女》的马运洪搞舞美设计，我和市京剧团周德才一起进京。抽空，我摸到东四八条，敲开了《剧本》编辑部的门。编辑们在开会，出来一位年轻编辑：歌剧？写什么的？我答：草原游击队。他打量我一眼，接过剧本转身就走，那眼神好像在说，你能超过李向阳吗？走了几步，他突然回头：主线是什么？我有些忐忑：一对蒙古族青年的爱情。他哦了一声，又重新打量了我一眼。在爱情的背景上写游击队，无异于在老虎嘴里拔牙，在那时，是犯了大忌的。没想到，正因为犯忌，才正中了编辑王一峰的下怀。他立马问：你在北京能待几天？你等我回音！

等待的日子一天比一年还长。一周到了，依然杳无音信。我打电话到编辑部，才知道王一峰遇上了车祸：他的自行车撞了汽车。

不久，京剧版《月亮花》被调到南京演出。熙熙攘攘的新街口，月亮花和达瓦的大幅剧照引得许多行人驻足回眸。公演的那天，中华剧场里竟然来了一大批江苏歌舞团的演员导演和干部，其中当然有资深导演田夫。那时，他已是歌剧团的团长。调演结束前，田夫通过省文化厅艺术处长管和琼，请带队的刘国华允许我留下，把《月亮花》改成歌剧。尽管很费了一番周折和口舌，我还是被留下了。这一留，使我的人生柳暗花明，豁然开朗，多年来郁结在心头的云翳，被一阵江风吹得天青云白。

所谓天青云白，其实就是好了疮疤忘了疼。20 世纪 60 年代，我还在内蒙古伊克昭盟。文化局长越世杰叫我写一个在草原上打深井的歌剧。宣传部长吴占东还带我去成吉思汗陵园参加规模空前的

为了写歌剧《金泉》，走遍鄂尔多斯，甚至穿过沙漠，来到无定河边。

800 周年祭典。到了史无前例的年月，这个名为《金泉》却仍在孕育之中的剧本，竟然成了“内人党”的一个“反革命阴谋”。我也跟局长一起糊里糊涂地卷进“阴谋”之中，受了一年多莫须有的洋罪。加上 1959 年刊发在《草原》上的小说《席尼喇嘛脱险记》中，有男主角到外蒙古学马列的叙述，我更荣幸地戴上了“叛国文学作者”的帽子，好久都摘不下来，还多次被游斗，毒打，关黑屋子。现在，疮疤好了，伤痕犹在，我居然不可理喻地走进了难以抗拒的歌剧魅影之中。

王一峰好了。他不仅死里逃生，还在出院后看了本子，让我立即到北京改剧本。当时，《人民文学》《大众电影》等许多大刊物都挤在东四八条那一座小楼里。我被安排住进《曲艺》编辑部不到 10 平米的办公室。编辑来上班了，我赶紧躲进会议室。人家来开会了，

《金泉》带来了无妄之灾，我还是好了伤疤忘了疼，于不惑之年写了《月亮花》。

这是连云港京剧团的京剧版剧照。

我就到楼下食堂，趴在油腻腻的餐桌上，在切菜剁肉声中，努力把注意力集中到剧情中来。戏曲歌剧组组长李慧中，是著名剧作家马少波的夫人，多次与我交谈修改方案。办公室人多，就带着我转胡同，转饿了，还请我下小馆子，使我对这位儒雅端庄不苟言笑的大姐，平添了几分敬意和亲切。现在回想起来，我对于早年调往中央戏剧学院的王一峰和已离我远去的李慧中，仍然深怀感激。那年月，迎头就能同这样的编辑不期而遇是一种幸运，他们在帮你修改作品的同时，也帮你改写了人生。

回到连云港不久，王一峰就打来电话：本子通过了。你想就这么发，还是再提高一步？我表示想再上一上。于是我被邀请参加全国戏曲歌剧剧本讨论会。在那里，我请欧阳山尊、阎肃、乔羽看本子。看到欧阳先生边读边做笔记，不禁对这位大家和前辈肃然起敬。阎肃和乔羽更是一语中的，几乎异口同声地说，你得跟京剧离婚！一定要歌剧化！我于是又来了个大翻个，更多地使用了鄂尔多斯民歌，着意渲染了男女主角的浓情咏叹。

歌剧《月亮花》在南京人民剧场由江苏省歌舞团首演，是我生命中的盛大节日。文化部副部长周巍峙、艺术局局长吴雪、省市委一把手、省文化厅厅长都到场观看江苏省粉碎“四人帮”后第一部自己创作的大型歌剧。周巍峙对剧诗的文学性和浓郁的民族风味颇为赞赏。当紫红色天鹅绒帷幕在鄂尔多斯婚礼歌舞中徐徐落下的时候，我流泪了。在尊严扫地的“文革”中，我早已无泪可流。可那一刻，我竟然无法抑制自己，甚至放任它潸然而下，流了很多，流了很久。

妻子风尘仆仆从连云港赶来，跟我一起分享了那个夜晚。是她，使得那个多年压抑后第一个快意喷薄的时刻，变得酣畅淋漓，圆圆

江苏歌舞剧院歌剧团的歌剧版，成为新时期江苏第一部自创歌剧。

江苏歌舞剧院歌剧团的歌剧版，成为新时期江苏第一部自创歌剧。

满满，了无缺憾。

为了月亮花的开放，我至今仍然深深感念着那些爱我的和我爱的人。都说四十不惑，四十在我的剧作生涯中是一个颇有几分悲壮意味的起点，又是我人生苦旅中一个沙漠绿洲般匪夷所思的梦境。我禁不住要问自己：我不惑了吗？

相知故园　往事如昨

偶尔拾闲，有明月清风相伴，摇扇品茗于锦屏山下，于桃花涧畔。虽无红泥小炉烹煮之雅趣，却少不了对着深不可测的夜空发怔。望星海云聚云散，月隐月现，时而黯然失色，时而云去月回，杯中便又有一个月亮浸映其间，我油然想到人生是否也像这云中之月？

是啊，一时的遮蔽又能如何？我会用一生来坚持，来追寻。命运是什么？我说不清。可是它常常让你感到有一种神秘的力量，宿命般地裹挟着你，或令你升腾，或令你坠落。但我相信，有命就有运，有运就有希望。命运不可知亦可知，不可变也可变。而变，才是生命的基本状态呵。

我常常想，如果日本飞机没有炸平我们客居东台的院落，父亲就不会带着全家逃难来到苏州。苏州要是没有一个百老汇似的北局，那书场、戏院、电影院挤挤扛扛地一家挨着一家，我也不会欣喜欲狂，觉得真的上了天堂。草桥边的图书馆倘若没藏着那么多名家名剧，我又怎么能如鱼得水，沉潜在戏剧的海洋里，一个猛子就扎了半辈子，差一点呛了水，沉了底，误了一世的前程？亏了我不信邪，还有一颗轻易不死的心。偏巧泛政治化的时代渐行渐远，极“左”路线终于奄奄一息。哦，春回大地了，这回总该有戏了吧？

其时为1981年。那个春天比金秋还要丰盈。在中山陵11号，听忧郁的汪流讲电影结构，幽默的李天济讲喜剧电影，严肃的张骏祥讲为钱袋服务的好莱坞，法国电影专家何振淦讲与好莱坞南辕北辙的欧洲电影。听罢就看，看罢座谈，脑子一下子装得满满的，却满而不死，变得空前活跃起来。就在那个气度不凡的大院子里，我像一个怀胎的女人，肚子里孕育的剧本，在一阵密集的胎教之后迅速成形。到了割麦子的时候，电影剧本《长相知》就呱呱坠地了。

我写了三个在等待中的女性。母亲多年来一直在等待远去未归的丈夫，她相信，他一定会活着回来。大女儿天天到火车站接晚上11点的火车，男友曾许诺乘这一班车如约而至。小女儿在等一份适合她的工作，寻觅一个可以海誓山盟的人。母亲于望穿秋水中渐渐老去，大女儿等来的是男友的背叛，小女儿爱上了卖棒冰的卫牛，在妈妈影响下走进婚姻介绍所帮助别人寻找幸福。

就这样，我同我的剧中人一起走出人生的阴影，历史的阴影。可《长相知》还是经历了一场十分艰难的跋涉。上影文学部的编辑马晓洪虽是科班出身，却郁郁不得志。他看中了《长相知》，可他上面有组长，组长上面有片长，片长上面还有文学部副主任和主任。剧本想通过吗？先照编辑的意见改。他点头了，再照组长意见改。然后，再照片长意见改。等到文学部领导看过本子找你谈话，大半年时间过去了。再往上就是艺术厂长、生产厂长和厂党委书记了。送呈最高层之前，又得天翻地覆大改一遍。我的老天，上影厂的39级台阶，何时才能爬到尽头？

诚然，上影文学部可不是白公馆。它坐落在原法租界一座优雅的私家花园里。精致的巴洛克式小楼，枝叶婆娑的大树，与柔软娇嫩的草坪相映成趣。据说，那是一位船长为他的女人构建的爱巢，楼房的外形很像一条船。自从这里挂上文学部的牌子，上船的文人真可谓争先恐后，不绝如缕。门口的老传达俯在我耳边说，这条船好上不好下，多少人扬着头来低着头去。小阿弟，侬要拎清爽哦！他意味深长地瞟了我一眼，起身出门，扯起嗓子喊道：305房间，会客时间到了，请你的客人马上离开！乖乖，这位阅尽沧桑的老师傅，原来还是个不折不扣的法海！

我至今无法忘记那楼道出奇的静，偶尔有一个面色苍白头发蓬乱的人匆匆走过，又迅速消失在一扇房门背后。也有大大咧咧的老油子，一住几年，改来改去，依旧是泥牛入海。还有一位写过一部热门话剧的女士，四处找男编剧合作，弄得人人自危，那恐怖的程度无异于眼下流行于世的自杀式爆炸。要论潇洒，谁也比不上编织过高山下花环的李存葆。只要他在走廊里喊一声：研究剧本呐！他那房间霎时间聚足了人气，把门一锁，牌局就稀里哗啦地开始啦！玩累了，他便会直闯我屋：有什么吃的？没等我应声就拉开抽屉乱翻。哦，还有一包方便面，我拿走啦！整个一副很搭得够的样子。

最开心的日子是周三。这一天上午，明星们纷至沓来，我们像放风似地站在阳台上看风景。秦怡、刘琼、张瑞芳、顾也鲁、达式常，一个个鱼贯而来。那张瑜居然是个其貌不扬的黑丫头！随后，我们也到小礼堂去看资料片了。观摩结束，明星们有的会留下来用餐。那可是文学部食堂风光无限的时刻！我那些苦行僧似的弟兄们顿然发现，眼睛怎么不够用啦？但不管多么热闹，目不旁骛的顾城，很少光顾食堂，总是他六十多岁的老爸顾工，排队买下几个容器的饭菜，小心翼翼端到楼上供他享用。后来，也不知什么时候，这父子俩便无声无息地消失了

《长相知》1981 年夏天进厂，1982 年早春才历经磨难，摆到厂长写字台上。摆了好几个月，他都没看一眼。老实巴交的马晓洪，忽然心生一计：老周，送到《电影新作》试试？嚯！这分明是叫我曲线救国嘛！第二天，我就来到淮海路上海电影局的花园里，摸到一座小楼上。我把剧本交给了《电影新作》的主编王士桢。这个微驼的长者，看上去内敛而又慈祥。原来，陈白尘调回南京后，他也曾出任上影文学部主任。我很想跟他谈谈，可是他接过剧本，就叫

上影文学部让人头皮发紧，可环境足够优雅。

责任编辑陈晓珊把我送了出来。

回到连云港没有几天，一纸电报把我催回上海。火车开进车站，就看到了月台上的陈晓珊。那天，编辑部全体出动，与我座谈剧本的修改方案。说到全体，连美编加上会计，一共才 6 个人。我无法想象，一本发行几十万份的刊物，竟然只有这么袖珍的一支团队！我照例拿出小本准备记录。主编却要听听我的想法。这又让我很意外。王士桢倾斜着上身，十分专注地听我阐释剧作内涵及修改设想。随后，大家海阔天空地各抒己见。临了，王士桢希望我能再深入地想一想，还是要按人物的逻辑改，按作家自己的思路改。这位睿智的长者气度不凡，给我留下深刻的印象。他对于晚辈如此谦和，如此尊重，更让我高山仰止，感佩不已。

1982 年 5 月，剧本发表了，厂长才拿起案头上落满灰尘的稿本。这时，我接到王士桢的电话：今晚在成都酒家，我们请你吃饭。我

方义华就是在那里交的朋友。他出任安徽厂长后，把《长相知》搬上了屏幕。

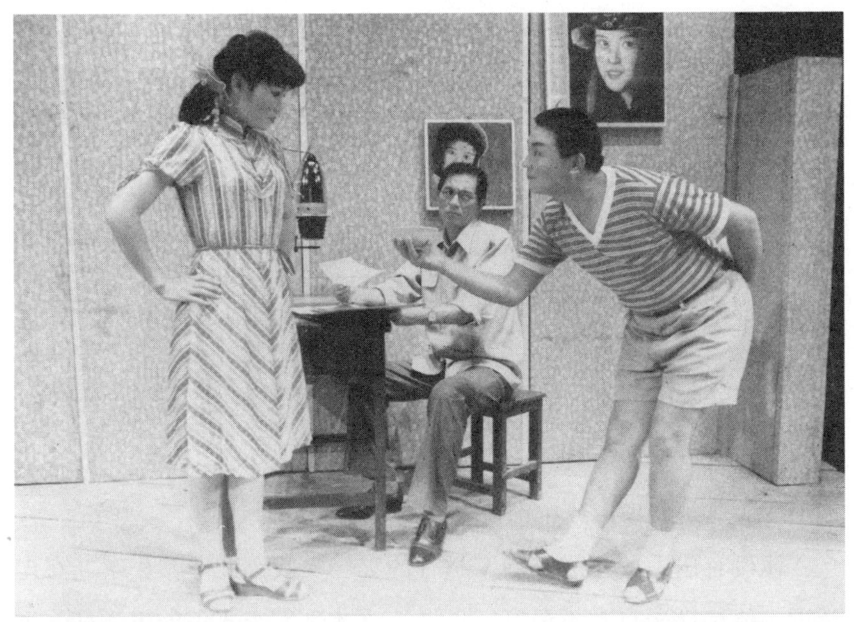

连云港话剧团上演的《最后一杯苦酒》，脱胎于《长相知》。

当即说：不，应该我请你们。他笑了：老周，你给了我们一个好本子，是对我们最大的支持。你可一定要来哟！当晚，编辑部六位都到了。席间，还有江苏作家张弦，电影评论家梅朵。王士桢竟说：老周，今晚，你是我们的主宾。我连连欠身："不敢当，不敢当！上中学的时候，就不断地在《大众电影》上读梅朵老师的影评。那时，我还只不过是《大众电影》的业余通讯员呢！"

1982 年 11 月 23 日，《长相知》通过了上影厂党委和艺委会的审查，并发出生产通告。我拿到稿费后，旋即给王士桢主编打电话：我可以请您吃饭吗？他很客气地回答我：我很想去，可是我的牙拔掉了，而且是全口，一个都没剩。

他没有出席我在成都酒家举行的宴会。我因此非常失落。在电话里，他讲话一点都不漏风。也许，这才是那个本色的王士桢，一个永远隐身在幕后的如父如兄的编辑。

前几年，听说上影文学部撤了，那个花园也换了主人。一时间心中五味杂陈，百感交集，许多陈年往事浮游而来，历历如昨。那些无技巧剪接的蒙太奇，流连徘徊了好久好久，终于像一片云烟，丝丝缕缕，随风散去，弥散在无数旧梦之中。

一曲秋声　梦回早春

我本吴越之子。父亲宜兴。母亲绍兴。外婆的一缕山东血脉不由分说支撑起我高大的身架。从外表看，活脱脱一条齐鲁汉子，而灵魂深处，江南的烟水竟无头无尾无始无终幽幽地流过每一个日日夜夜。那淅淅沥沥的黄梅雨雾，迷迷离离的渔舟帆影，朦朦胧胧的竹林茅舍，恍恍惚惚的水榭歌台，凄凄清清的石桥古寺，像一幅水气淋漓的大写意，湿润了我转瞬即逝的童年，也染绿了我无以名状的忧伤。后来，我去了关东，感染了风风火火，学会了大步流星，又生怕走得太快，把灵魂丢在了身后。命运给了我南北混杂的血统，先南后北的阅历，既使我乐天知命大大咧咧，又对生生死死怆然于胸。我有时在性情之中，有时却又在性情之外。我几乎无法给自己归类。我常常想：世上无法归类的人，当入另册，入另类。或许，我会因此变得有些时尚起来？

我没念过电影学院。可我的电影剧本却被归进了那阵子很入时的“学院派”。这让我有点莫名其妙。虽然从少年起我就贪婪地阅读了所有可以找到的电影剧本。一开始是苏联的，后来是美国和日本的。苏联的看上去俨然是中篇小说，美国的更像分镜头剧本，日本人惜墨如金，写剧本简直就是拍电报。究竟哪个更“学院”一些？我也说不清楚。我十分看重苏联剧本的文学性，也挺欣赏美国剧本的俏皮和洗练。我流连于两者之间，却在不意间把重心倾向苏联。是啊，我们这一代人心头都绾着一个难以开释的苏俄情结。尽管我无法用理性的语言告诉你，苏联，在一代人心目中究竟意味着什么？就像我无法言说，怎么在大漠孤烟下向荒原学会了沉默，怎么在马头琴的呜咽中顿悟了什么叫作长歌当哭。

当我在镜子里发现鬓间的白发，心中蓦然哼出一曲长调，那长调悠远凄恻，百转千回，如雁过阴山，酒入愁肠。转眼窗外，一片黄叶悄然落下。我问自己：一切刚刚开始，生命的秋天就已经到来了吗？记得，随金山率领的戏剧家访问团离开大庆后，跟随于雁军一起上了小兴安岭。一路上，奔流不息的清清流水辉映着满山遍野大片大片的白桦树。银白的树干修长而又圣洁，在风中摇曳歌唱。我忽然想起，一部以苏联小白桦树歌舞团为题材的电影，取名《少女的春天》，真是妙不可言！于是我忽发奇想，让未来剧本中人到中年生命垂危的女主角荷韵，在车窗外流动的小白桦映衬下出场，从生命的终极反观生机盎然的春天，或许将令《生命的秋天》别有一番深意。这个剧本在《南国戏剧》发表后，深得广东文化人特别是教授们的嘉许。文友李惊涛则以为，我把《长相知》的终点当作《生命的秋天》的起点来探索，逼近了生命意识的层面，喟然叹曰：没有比生命的暮秋感过早降临更加不幸的了。看来他比我自己更能看明白我的内心。

其实，我时时在回味我生命中那个烂漫的花季。那花季，与江南，

走访大庆后，随于雁君进入小兴安岭，顿然感到生命的秋天已然到来。

《夏之雨·冬之梦》把老龄化和价值观打包在一起，令人一震。

有评论家称之谓江苏新时期第一部散文电影。

与太湖，与那些有生命有魂灵的黛山烟水是无法分割的。为什么至今我仍把殷殷思念深深藏在一个又一个了无尽头的水墨之梦里？反复诘问之后，便有了电影剧本《夏之雨·冬之梦》。他让我五十年的故乡情变成了如诗如画的银幕影像。可算得是一部圆梦之作吧！

同我一起走进梦境的还有两位好友王承刚和方洪友。那年月，进剧场的人越来越少。两位剧作家表示愿意跟我合作电影剧本。从此有了江苏剧作三剑客。除了《夏之雨·冬之梦》，我们还合写了《雪豹下落不明》《鬼岛出没》，联袂创作了电视系列剧《秦淮八艳》。后来，王承刚专攻恐怖片。我与方洪友又合作了电视剧《你我头上一方天》、话剧《胡同里的月光》。此后，便人自为战去了。虽然各自回到了属于自己的书斋，相互之间却多了一份牵记。他们也常常会想起我这个有一点大哥样子的老兄，或致电问候，或于年节寄

创作会议，以文会友。方洪友是我拍档，邹安和正春风得意。

电影《二泉映月》文如其人，鄂允文北人南性，我俩一拍即合。

马中骏，一部《街上流行红裙子》跟他的迪斯科一样让我大呼过瘾。

当年，江苏编剧们既到了杜甫草堂，又在风雨中闯过了三峡。

来一纸贺卡，令我在男人的情谊中得到许多慰藉。

上影对《夏之雨·冬之梦》不冷不热，不置可否。长影的文学厂长张笑天看到剧本后，当即表态：这本子我要了。随之，电影局长石方禹在全国故事片创作会议上诧异地说，没想到长影抓了个小桥流水，那是一杯清新淡雅的龙井茶！张笑天私下里对我说，老周，咱这个本子，是冲着金鸡奖去的！可惜，这一部被影评家梁天明称为新时期江苏第一部散文电影的另类之作并没有叫响，也没有拿到金鸡。我们不得不像影片中的几位老人一样深深咀嚼着孤独，体悟着金钱世界的无情。

有了这番历练，三剑客决定闯一下市场。市场上，惊险片有之，喜剧片有之，惊险喜剧就很少见。在长影小白楼，我们哥仨定了构思，议了故事，样式则锁定为惊险喜剧。剧本第三稿给了上影的名编周泱。周泱是个眼睛很毒的人。他决意要抓，却摆出一副打持久战的架势。他不谈本子怎么改，只给我讲了一则法国电影故事：两个紧挨着的房间，一个招演员，一个招杀手。考演员的误打误撞，进了招杀手的房间，把执行任务当作演戏；而那个做杀手的，糊里糊涂进了招演员的房间，误认为演戏就是执行任务。在如此特殊的情势下，令人捧腹的故事自然会纷至沓来，想推也推不开。

说起来容易做起来难。从第四稿改到第九稿，剧本还没摆到文学部主任的桌子上，时间却在痛苦中磨去了两年。我决定把本子给广西厂。厂长高鸿鹄随即请我去厂里定稿。其时恰逢1989年6月。高鸿鹄是个极干脆的人，《雪豹》迅速拍板。他也很高兴与我再度联手，请我到家里小酌。10年前，他主编《电影文学》，《当我们年轻的时光》就是他亲手签发的，他为此还吃了省委的批评。席间，夫人黄昧鲁要走了南京厂约稿又退稿的剧本《早春一吻》。

剩下的事只有打道回府了。孰料“风波”陡起，火车受阻。只好返回南宁，跟当时还在厂里做编辑的林白借书看。林白并不白，一脸亚热带乡村的阳光，总是一顶草帽，一袭白裙。她每天按时按点无声地来，默默地看电视新闻，然后悄然离去。或许，正是她独来独往的性格，让她自己跟自己较劲，打了一场令人啧啧称奇的《一个人的战争》。她不像腐儒那样爱书如命。我去借书，她总是很慷慨的样子。她书不多，很前卫，都是大部头。多亏了那些大部头，让我熬过了那段归心似箭却有家归不得的时光。《雪豹》出笼，正赶上广西厂的《周恩来》把全国票房卷去大半壁江山，但还是卖出

拍出来的《雪豹下落不明》面目全非，令人啼笑皆非。

80 个拷贝，做到了不赢不亏。最无奈的是，完成片与剧本大相径庭，把一个平民化业余侦探反腐败的故事，变成克里斯蒂笔下神神秘秘的波洛式贵族化劳什子，令人啼笑皆非。在取笑的朋友面前，我只有一味地摇头叹息，连称惭愧惭愧。

我对电影一片痴情，偏偏电影总是跟我开一些不大不小的玩笑。一部又一部，不是奉命停拍，就是中途夭折。《夏之雨·冬之梦》本想选取老年问题这一视角，以世态伦常为切入点，看嬗变中的江南水乡，人性如何被金钱扭曲和异化。但银幕呈现与初衷相去甚远。尽管如此，我还是不肯让执着的脚步稍作停留。《早春一吻》就是我一次新的探索：我要让善良的人们相信，人性中的真善美终归会在冷漠的世态里互相温暖互相照亮，被污染的灵魂应该可以得到救赎。否则，这世道人心，不就真的没救了吗？

总算可以回家了。从南宁到桂林一路顺风。去机场前，在桂林一家空无一人的饭店里吃饭，竟被小偷偷走了放在身后的包。技艺之高超着实令人叫绝！怪不得人称“桂林小偷甲天下”呀！幸好机票还在，才没有沦为盲流。但不知这一劫是祸还是福？

湘江无眠 岳麓言别

在车辚辚马萧萧的人世间，我是一个行者。人在江湖，日复一日奔走在红尘四起的路上，永远看不到尽头。早年，我像一条冲出青山的小溪，唱着生命的歌，耳边响亮着俗世的喧闹，眼中辉映着别样的精彩。峰回路转时，我会撞得鼻青脸肿，头破血流。柳暗花明后，我又变得漫不经心，我行我素。我感谢天性善良的父亲母亲，给了我一颗仁爱之心，使我几十年文墨生涯都放不下那一个恒久不变的母题：不管何时何地，不管处境如何，爱是须臾不能忘记的，爱是永远不能抛弃的。因此，1956 年，我还是一个 19 岁大学生时，便向《吉林日报》投寄了散文处女作《在给妈妈读报的时候》。那是因了英、法、以三国悍然入侵埃及，因了苏伊士在流血。当我读这条消息时，看到了母亲眼中的泪光。回想起来，那是一篇为人类祈祷和平和爱的作品。尽管很短，不足千字，我仍然很珍惜这个开端：天真未琢，洁白无瑕，一片童贞之中浑然融进了此后一生都挥之不去的忧患。

那时，长春早已成为名闻遐迩的电影城。东北师大是长影艺术家们常来常往的去处。时不时地到我们中间开个音乐会朗诵会什么的。编剧赵梦逸、导演曾未之还常到中文系宿舍走动。曾导拍摄喜剧《如此多情》时，派来一辆大客把我们拉到长影，给他当群众演员。我被指定跟一个女同学扮成一对小夫妻，在一堂百货公司布景中转了一圈又一圈。大半夜过去了，却只拍了一两个镜头。电影公映后，我伸长脖子瞪大眼睛，也没在大银幕上找到自己的影子。虽然龙套没跑出名堂，那朝圣般的经历，还是激发我以极快的速度写出了喜剧电影剧本《幸福在河里》。之后，又在风靡一时的印度电影影响下，井喷似地完成了音乐故事片剧本《大学生进行曲》。其时，还不到20岁。现在回想起来，真是不可思议。那一股初生牛犊不怕虎的冲劲，给我的青春岁月染上了彩虹一样奇幻的色彩。生命中的春天，莫非就该是如此这般地信马由缰，狂放不羁？

或许因为彩虹太美太不真实，它才消逝得比梦还快。一场反右，一场文革，把我带进如牛负重的中年。尽管在历经沧桑中伤痕累累，心灵深处仍燃烧着刀风剑雨无法扑灭的激情。我一如往昔地热爱生命，热爱生我养我的山川大地和胼手胝足的父老乡亲。我要用电影来拥抱我热爱的一切。于是，在十五年的时间里，我经历了《当我们年轻的时光》的两上两下，《长相知》的无疾而终，承受了《夏之雨·冬之梦》的不尴不尬，《雪豹下落不明》的非驴非马。但是，九九八十一难并没有让我心灰意冷。1986年，我还是接受南京电影制片厂副厂长房友良的盛情邀请，独自走访了睢宁县农村的一所爱鸟学校。孩子们对大自然和鸟类的亲情，令我为之动容。他们在树上安置了一个个木质鸟巢，精心为鸟儿治病疗伤，伤愈后再把它们放归大自然。在东海县聋哑学校，孩子们瞪着晶莹明澈的大眼睛，急切地打着手语，渴望与我交流，然后捧起他们刚完成的彩画，期盼我伸出自己的大拇哥。我不能不转过身去，迅速抹掉夺眶而出的泪水，然后笑容灿烂地伸出我的拇指。我想，我该给孩子们花蕾般的小脸印上深深一吻，把我心中的爱传递给这些生命的嫩芽。不久，电影剧本《早春一吻》问世了。剧中的主人公早春过早地失去了父爱母爱，却顽强地寻找人间真情。他的姨妈冷漠变态，几近自闭。早春坚持不懈，终于用自己天真纯洁的爱融化了姨妈冰封已久的心。他的真诚温暖了世界，世界也以真挚的爱温暖了他。

《早春一吻》是我送给天下孩子们的祝福。可惜那祝福八年后才投射到银幕上。1987 年，南影厂因没有儿童片指标把剧本退给了我。那时，拍电影都得有指标。否则就会被判定为地下电影。而儿童片没指标，上面就不给补贴，其结果只能是赔得找不着北。1988

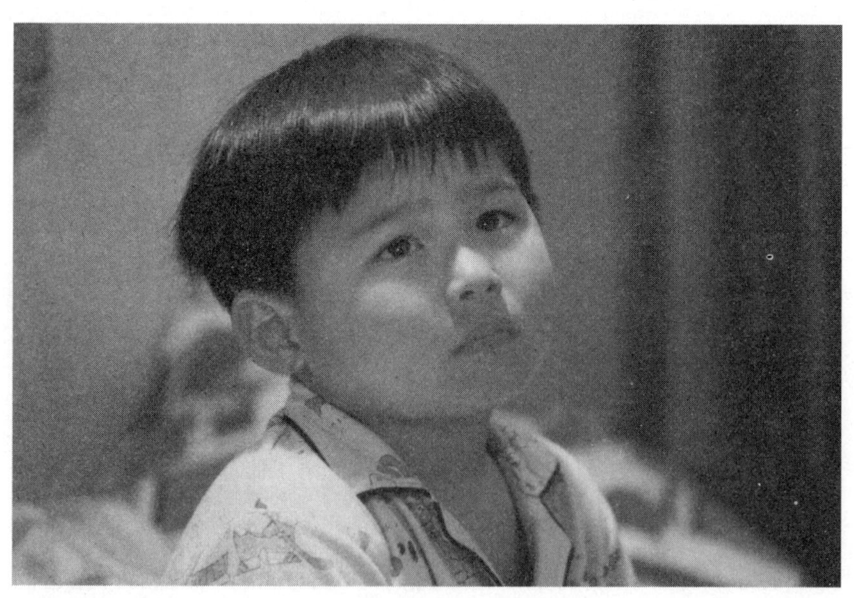

《早春一吻》中的早春很会演戏，萌萌哒，让人心疼。

渴望爱的早春，施爱于人，不意间成了启蒙者。

金鸡奖从天而降，疑似黄粱一梦。

不眠之夜，我背对金鸡想了很多……

年，主编刘坪把本子刊发在大型文学丛刊《钟山》上。导演罗冠群看到后诘问厂长：这么好的剧本，为什么给退了？转年初夏，我刚刚被桂林的神偷偷得精光，瘟头瘟脑回到家里，广西厂文学部主任黄昧鲁的电话就到了：《早春一吻》我们准备拍成电视剧，如果同意，立刻寄去全稿费。南影闻讯后，立马来电：《早春一吻》原是我厂约稿，我们决定拍成电影，现在就付全部稿酬。在两难之间，当然是电影对我更有诱惑力。我答应把剧本归还南影。可是南影既没有付全稿费，也没能迅速拍成电影。一直拖到 1994 年央视给了指标给了钱，才以 70 万的低成本搬上银幕。其间，中央台影视部编辑走马灯似地换，剧本不知改了多少遍，直改到完全麻木，什么感觉都没有了还不算完。厂长唯恐我撂挑子，不断地做工作：老周，帮帮忙，帮帮忙，再改改，再改改。要不，人家不给钱。不给钱，哪能玩儿得转？

历经八年，终于拍出来了。还闹了个全国之最。《早春一吻》被称为 1994 年拍摄成本最低的一部影片。谁都没有对它寄予任何希望。那天，我在江苏省电影发行公司与省委宣传部领导王霞林一起看了试片。看毕，姚远、蒋晓勤、方洪友、王承刚等几个编剧哥们，纷纷过来握手祝贺。受宠若惊之余，我也很诧异：谁能想到，年纪轻轻的女导演会把片子拍成这样！在东海县首映时，安排了一个学生专场。孩子们由衷的笑声和爆豆般的掌声，让我受到深深的感动和震撼。

毫无疑问，那一个阳光明媚的秋天，令我终生难忘。中国电影家协会书记处书记高鸿鹄来电，邀我到长沙参加第 14 届中国电影金鸡奖颁奖活动。我愣了一下：这位在《电影文学》发表过我三个剧本，又在广西厂任职期间拍板了《雪豹下落不明》的老领导，不会跟我开国际玩笑吧？脱口便说：我去干嘛？他当即回答：《早春一吻》入围了。我一惊，旋又冷静下来：要是得不到奖，回来怎么见人？他说：最后一轮投票在长沙，那表决将在绝密状态下进行。结果谁也无法预料。老周，潘虹都敢去，你怕什么？这一军将得好厉害，直抵我男子汉的自尊。我只得乖乖地去了长沙。

在长沙体育馆盛大的颁奖晚会上，《早春一吻》脱颖而出，获得评委会特别奖，颁奖人竟是评论家梅朵。上海一别，12 年倏忽而过。他的腰又弯了许多。我的两鬓也染上了秋霜。当晚酒会上，我向他敬酒致谢。他却连称，不敢当，不敢当。

那是一个难以入睡的夜晚，我说不清是头枕湘江逝水的感觉太诗意，还是那只在暗夜里闪闪发光的金鸡太魅惑，我情不自禁地回味曲折坎坷的人生路，却难以分辨心灵的酒樽里盛的是甜酒、苦酒抑或是融进了几许酸涩的古越陈酿？

第二天，我漫步在桔子绚烂于枝头的岳麓山下。湖南电视台记者把我堵在爱晚亭前，问及今后的打算时，我默然相对，无可言说。我想，到了离开电影的时候了。在商品大潮成席卷之势的当下，我不知道我还能做些什么。

面对洁白神圣的大银幕，我要向它深深地三鞠躬：谢谢你给了我别样的人生。电影，我爱你。永远。

风生水起　路转峰回

少时，我何尝听说过：世上最美的是黄金分割。可是，无知而感性的我，面对 1：0.618 的银幕，却总是流连忘返，乐不思蜀。那里的一切，我身边全都没有，连做梦都不曾梦见过。在巨大的黄金分割的画框里，客观世界的真，主观世界的善，把真实的细节和丰富的幻想编织成流动着的美，让我沉迷似醉，恨不得永远生活在虚拟的音画天地里，不再回到尘世中来。那时，好莱坞已抢滩中国。上海苏州当然首当其冲。一开始，我看得最多的是歌舞片喜剧片西部片和以《一千零一夜》为蓝本的传奇片。进初中后，趣味便有了变化，《战地钟声》《魂断蓝桥》《居里夫人》不断地震撼我少年的心。看多了，便隐隐感到电影不仅可以造梦，还会在不意间入心，入性。也许，正是这种神秘的力量吸引我走向她，迷恋她，委身于她。直到不得不转身离去，仍不由得踯躅再三，频频回首。

我不能不承认，那是我生命中一段浪漫而又苦涩的姻缘。那时，我属于电影，电影也属于我。谁能说，这不是一种旷世恋情？所不同的是，它超越肉身，超越本能的形而下，把我的性灵毫无保留地交付给她。只要我愿意，我可以无日无夜地向她倾诉衷肠，无怨无悔地为她衣带渐宽。这是一种很少有人拥有过的爱情历险。尽管山重水复，去路漫漫，坎坷多于收获，我仍然感到幸福和满足。值。很值。不是吗？

从 1979 年第一次应约为长影写《当我们年轻的时光》到 1988 年给南影写《早春一吻》，九年中创作了九个电影剧本，发表了八个，被电影厂正式通过并成立摄制组的五个，在电影院正式公映的电影仅只三部而已。后来就商业了。而我是个很不商业的人。悖论由此而生。结果只能是我挥泪而去。唯一可聊以自慰的是，捧得了一只金鸡。或许，正是它，见证了我和电影的地老天荒。如今，地未老，天也未荒，我竟像一个始乱终弃的负心汉，一不留神落荒而去了。痛。很痛。奈何？扼腕再三，仰天长叹。唯此而已。

诚然，我对电影的爱恋永远不会改变。同样，我对 80 年代的怀恋也难以释怀。那是一个各种思潮流派风生水起的岁月。听学术报告，看内参影片，办读书班，开观摩会，成了文艺界一大景观。我于是也穿梭往来，忙眼睛，忙耳朵，在龙门阵上高谈阔论神侃神聊之余，把脑袋里的陈芝麻烂谷子翻了个底朝上。1986 年，我也效颦一番，把北京电影学院的汪流和上海戏剧学院的余秋雨两位教授请到连云港来，办了一期苏鲁豫皖影视戏剧讲习班。汪流用四天的时间讲情节剧，把《魂断蓝桥》条分缕析地阐释得丝丝入扣，精妙入微。余秋雨更是才气纵横，挥洒自如，一篇题为《现代艺术观念》的讲演，汪洋恣肆，犀利精辟，连连数日，滔滔不绝，却不见有讲稿放在桌上。那几天，我可真正领教了两位饱学之士的风采。至今，我仍珍藏着和余秋雨在墟沟北崮山的合影。时值盛夏，他穿着西装短裤。那年，他 40 岁，看上去那么精英，还真有些粪土当年的气概！

余秋雨语出惊人，他讲的课让人耳目一新。汪流则条分缕析，温润如玉，完全是另一种做派。

戏剧家们来到山海相拥的连云港

从长沙赶往北京，邀请雷洁琼出席在中国美术馆举行的连云港书画展。

《陇海万里翰墨行》一路展到新疆，交了不少朋友。

《你我头上一方天》开机弄得我焦头烂额。

二十一年过去了，每每想起那个生气勃勃的年代，总会令我振奋不已。至今让我汗颜的是，由于经济拮据，我只给教授们付了 100 元讲课费。就这样，余秋雨临行时仍不无遗憾地说：老周，我没带什么可以留作纪念的东西，就把裁纸刀送给你吧！回沪后，他寄来了专著《中国戏剧文化史述》，还郑重地签上了他的大名。

回想起来，两位教授讲了许多 50 年代大学中文系不可能涉及的问题，令我悟到了一个作家不该止步于对真实情况的发现，或上升到道德是非的发现，还要进而对社会必然性甚至人生价值真正有所发现。伟大作家的伟大作品往往能找到一个民族的集体下意识，而不是显意识。鲁迅笔下的精神胜利法，就是对中华民族集体深层心理的揭示。只有这样由表及里，才能在不懈的追问和探寻中成为不知疲倦的思想者。

这是一个转折的开始。这条路对于我实在是漫长而又遥远。《早春一吻》在人性的探索中有了新的肇始，孰料那竟也是一个终结。在此之前，我已应江苏影协之邀参加电视剧《堂堂男子汉》的创作。那阵子，对电视剧还没有用心研究过。电影和电视虽然像一对同胞姐妹，其性情还是有很大的差异。电视剧这个饶舌的妹妹，常常翻来覆去，喋喋不休，以致为了抻长，不惜节外生枝，枝外再生枝。而电影毕竟是当大姐的，更喜欢缄默，一切尽在不言中。她总是尽一切可能让动作代替语言，用画面叙述故事。因此，刚介入电视的那几年，我大抵写一些单本剧，看上去还是电影剧本。那年月，很少拍长篇连续剧。我的写法倒还蛮合适。评价总归是：到底是搞电影的，多洗练，镜头感多好，对话多干净！后来长篇越来越行时，集数越来越多，我就不大适应了。我只会删繁就简，高度浓缩，不大会絮絮叨叨，短话长说。我不得不捺住性子，不温不火，不紧不慢，娓娓道来。对于我，那可真是急惊风遇上了慢郎中。

为了创作电视剧处女作《堂堂男子汉》，我与鄂允文等几位朋友来到徐州矿务局。局领导问我们有什么要求。我便提出下矿井，能去的都走一走。后来，哥儿几个真的走遍了每座矿山，还到负几百米的深井下摸爬滚打了一遭。谁知，那工作服必须光着身子穿。我的块儿大，胸脯无法扣严实。风洞狭窄，非得爬行才能通过。乖乖，那锐利的矿石从胸前划过的滋味，着实难以言表。那些地方，矿长都未必去过。矿工们因此把我们当哥们儿，啥话都说，就差把心掏出来了。不久，我便交出了剧本初稿。播出后，煤炭部还颁发了一个“乌金奖”。

此后，我与方洪友合作了《你我头上一方天》。写一个军代表“文革”时心血来潮，豪情满怀地建了一座雄踞市区的大化工厂。离休后，突然发现他当年颇为得意的政绩，如今成了千夫所指的一大污染源。

那里，天不蓝，水不绿，居民喘不过气。于是，这位老军人在痛苦的反思之后，又一次挺身而出，成了一位环保斗士。这部片子虽然显得稚拙粗糙，但却是最早向全社会发出环境警示的电视剧。谁能料到：我们在 20 世纪 80 年代被当作杞人忧天的一声呼号，竟成了人类在未来时空最大的忧患。

这真是妹妹你大胆地往前走！做梦也没想到，电视单本剧小妹妹居然还有快速直击的功能。她稍一发力，就把你推到了准思想者的位置上。虽然十分突兀，倒也势在必然。尽管有关天人合一的思考还处在很浅的层次，但思考毕竟开始了。

白云黄海　魂系苍生

1989。蓦然回首。明镜白发赫然相对，书上的黑字渐觉虚幻。这使我的生命意识从沉沉大梦中倏然醒来。一转眼，来连云港十七年了。人生有几个十七年？更何况这十七年我的生命被擦亮了。我不再漂泊，不再无家可归。跟母亲、妻子还有两个雨后春笋般日生夜长的儿子济济一堂，住得再挤也有说不尽的温馨和踏实。这里不是故乡，却是我的福地。我文思如涌，不可遏制。虽然早过了青春期，却洋溢着喷薄欲出的冲动。江苏省歌舞剧院、江苏省电影家协会、江苏省文联曾先后商调三次，我留下了。后来便是杭州。我又放弃了。我对市委书记叶志俊说：只要您让我搞创作，不做官，我就哪都不去。这话听起来是不是有点犯傻？我无法说清这是为什么，只觉得难以割舍。有一种落地生根的安详时时围绕着我，充盈着我。也许，这就是那有几分神秘又有几分巧合的叫作缘分的东西？其实，对于我这个飘来荡去的游子，那静夜里让我泪流满面的梦里故乡，只是祖辈生息繁衍的所在。是连云港改写了我的人生，使我像一个真正的男人那样拥有了家庭、事业和尊严。我决心把自己交给这座连天白云无穷碧的诗性城市，这个大桅尖风帆高悬，带领着艨艟巨舰向太平洋破浪而行，不断上演着神话的东胜神洲。

那时，我已经有多部歌剧、话剧、电影、电视剧面世，可没有一部是写连云港的。渐渐地，隐约于心的感恩之情开始令我坐卧不宁。忽然一天，港务局党委书记赵泳、局长王功卿向我发出邀请，约我为港务局写一部电视剧。我漫卷诗书，欣然前往。两位领导要求我，不能写局级领导，最好以安全生产为主题。这下可给我出了个大难题。不让涉及局头，是为免去歌功颂德之嫌；而安全生产，拍科教片如小菜一碟，搞故事片就勉为其难了。我只有先沉下去，深入几大公司，跑遍所有的作业现场、调度室、安全科，接触了公司经理、安全员、吊车司机、叉车司机、船长、大副、二副、舵手、水手、引航员、退休的老码头等等等等。我全天候地跟随煤码头经理指挥作业，召开会议，上上下下，东奔西走，嗓子渴得冒烟，身上的汗湿了又干，干了又湿。为了观察如何引航，我上了一条离港远航的巨轮。谁知到了锚地，还得换到另一艘引航船才能体验到何谓引水。我必须跨到船舷外，踩着软软的绳梯，从悬崖般的船壁下到小船上。可那小船在浪里颠簸，非得瞅准离巨轮最近的一瞬纵身一跃，才不会落到汹涌的波涛之中。到了这个份上，只有听天由命了。终于跳进了小船，还没回过神来，又招呼我再攀着绳梯爬到引航船上。我只得硬着头皮上。在忽远忽近忽高忽低的大起大落中，趁势抓住从对面船上凌空高悬的绳梯。抓住后，要是不能以最快的速度蹬上去，就会在小船被海浪甩开的一刹葬身鱼腹。我在水手们的呼号和推扶中，不失时机地完成了一抓一蹬。用尽平生气力，摇摇晃晃地向上攀爬，终于翻过船舷，才长长地舒出一口气。要知道那时我早已年过五旬，在“文革”中遭过洋罪的脖子还时时痉挛。对于这么一个几近残疾的老男人，这实在是太刺激太玩命了。赵泳同志听说后向宣传部的陪同大发了一通脾气。也难怪，谁不后怕呀！

就这样，在港务局一待就是三个月。虽然该跑的都跑了，该谈的都谈了，可去粗取精由表及里毕竟是一件很不容易的事。更何况那是一个完全陌生的环境，一群完全陌生的人。但不管怎样，他们首先是人。是人，都跳不出一个情字。于是我决定用这个情字统领全剧：为了把货物如期送到，船长在装船时纵容工人违章操作。装卸公司女经理当即下令停止。见面后才发现，对方是多年未见的老同学。而他，一直暗恋着她。一天，他尾随她来到港务局医院，看到她精心伺候一个植物人，使他大为震动。原来，那是她的丈夫，在一次违章事故中坠入舱底。从此，一个幸福的家庭也坠入了深渊。船长向女经理求婚，并表示婚后会跟她一起照顾年幼的孩子和植物人。女经理以沉默作答。当船长驾着丹顶鹤号离开连云港，向鹿特丹驶去的时候，女经理突然停止在会议上的发言，跑出会场，冲向码头，登上龙门吊，向远去的丹顶鹤号不断地挥舞纱巾。是啊，她没有接纳他，却又在他离去后追悔不已，柔肠寸断。要不，古人怎么会用“剪不断，理还乱”这六个字来描绘情感世界的两难？在中外经典中，情从来都没有被边缘化。以情动人，这是为文之道，也当是编剧之道。做得好的便成了大家，做得不温不火的只能当个默默无闻的小编剧，而做得差强人意的就成了被人嗤之以鼻的匠人。至今为止，我仍在匠人和小编剧之间挣扎。当然，我并不甘心，因此，我一直在写，在努力超越自己。孰料超越别人像翻越一座大山，超越自己竟然也会如此艰难。它并不比趟过一条浊浪滚滚的河流更容易。

诚然，《魂牵鹿特丹》只是一部行业片。它自身的局限性使我难越雷池一步。“江苏爱国名人系列”给了我一次对于生命意识深入开掘的机会。那个灌云籍水利学家武同举，是典型的中国知识分子。他与生俱来的忧患意识，他为之奔走呼号奋斗不息的疏导江淮水系的理想，最终只能变成一个令他欲罢不能的百年梦幻。因此，他十分看重生命的延续。当发妻吴氏所生的一儿一女夭亡，她也因病不能再生育后，武同举断然迎娶崔氏，让她生了四个儿子。

我决意以死写生。在阴阳界上回眸生命。故事从武同举弥留之际说起。他向活着的三个儿子一一交代后事，最后，把未竟的事业交给了老成持重的长子。那时，吴氏早已西去。我在倒叙中着意渲染了栀子花牵线的情缘，她心灵的纯净和对丈夫无言的关爱。她默默地挑着七口之家的重担，将崔氏的孩子视如己出。而她的死也是

赵泳说：请你来写港口，不要写领导！

女强人魂牵鹿特丹。

武同举，放不下百年梦幻。

悄无声息的。那是一个为丈夫研墨的静静的夜晚。她在深情凝眸微微一笑略显疲惫地吁出一口气之后，伏案而去，像是因困倦睡在了丈夫的臂弯旁。而崔氏，则是个外向热烈的女人。我为她铺陈了一个玫瑰花婚礼，不仅张扬了她的个性，更为武同举生命的延展泼墨如云。在南京研讨剧本的时候，有人提出应该回避武同举娶两个老婆的事。而我不敢苟同。我曾到淮阴治淮工作站拜访武同举长子。出门前，我灵机一动，请他讲讲父亲的婚恋。他坦言自己并非嫡出。原来，武同举有两个妻子！这岂不是一个最理想的切入点！我手中少得可怜的素材一下子给盘活了。他是个士子，却不同于别的士子。他娶二房，决不仅仅为了传宗接代。不能用传统的世俗的眼光来看待这个先天下之忧而忧，后天下之乐而乐的时代精英。《百年梦幻》因了两个老婆的问题没能获奖。但我宁可为自己对生命的思考而特立独行。况且，武同举就是一个特立独行的人。1991 年秋日，我在片尾为他写了主题歌，在某种意义上，也是为一切穷年忧黎元的志士仁人而作：

一辈子只做了一个梦，
一个梦一辈子没做完。
千百年都在做这个梦，
这个梦千百年未能圆。

没做完难做完此心不甘，
不能圆却要圆何时如愿？
身已死魂魄飘江淮之间，
骨成灰卻不脱千年忧患。

独上云台　栏杆拍遍

回味我的电视生涯，不由得想起两位文学顾问：徐慧征大姐和顾尔镡先生。徐大姐做我的文学顾问是因了长篇《半个冒险家》。而顾尔镡为的是中篇《小萝卜头》。他们不仅是我的顾问，更是我的老师。能够有如此人品文品的先行者为我领航，是我一生的荣幸。有人问，如果没有回到江苏，还能出这么多作品吗？我的回答是：不能。故土赋予我的天时，地利，人和，我在哪里都难以找到。虽然像歌中唱的那样：我已是满怀疲惫，归来却空空的行囊。可是在家乡的土地上，我的努力，我的进取，总有那么多贵人相助，使我于百转千回之后找到了沉潜得很深、包裹得很紧的那个自我。当尘封已久的心灵之门轰然打开的那一瞬，我被自己吓了一跳：我怎么会像野马一样渴望奔腾？怎么会像山洪一样不知回头？那酣畅淋漓的宣泄和倾诉，令我歌哭，令我忘情，始而如醉，进而若痴，夜以继日，不能自已。那实在是生命中无与伦比的幸福时光呵！

于是一种新的生存状态应运而生了：我可以倾心倾情，做自己

《秦淮八艳》剧照。

《陈圆圆》被写烂了。我还是写了。

喜欢做的事情，这使我渐渐阳光起来，忘记了老之将至。一次开会时，江苏电视台电视剧部主任陈小杭要我把杨旭的新作《半个冒险家》改成长篇连续剧。我的自信忽然烟消云散了："怎么会找我？"小杭直视着我："你那《陈圆圆》不错。这也是一部有情有史的戏，很适合你。试试看，怎么样？"我陡然觉得小杭的眼睛后面还有眼睛，他看我，竟然比我看自己还要了然。更没想到《陈圆圆》竟然成了我的品牌。当时，小杭邀来几个朋友一起搞《秦淮八艳》系列，哥儿几个谁都不愿染指被写过无数遍的陈圆圆。推来推去，只好抓阄。当我发现一代歌妓陈圆圆攥在我手心里，蓦然间神思恍惚，半天都没回过神来。从吴梅村到野史演义，读了个把月，决定写大爱与小爱的悖论，竟然歪打正着，颇受观众称道。但是说到拍长篇连续剧，在20世纪90年代初，还是一件十分奢侈的事情。江苏这样实力雄厚的大台，也只拍过寥寥几部。如果稍有闪失，就会把百万巨资打了水漂。我顿时生出如履薄冰如临深渊的危机感。为了吃透原作，我先后读了八遍。作了笔记，编了年表，加了眉批，理顺了故事起契的年代，捋清了主要人物的行为逻辑和心理轨迹。然后翻来覆去，挖空心思，寻寻觅觅，捕捉模糊不清的未知数：那个将语言描述向视听艺术转换和对接的最佳视角。我把自己折磨了几个月，仍然举棋不定。还是李惊涛说得入木三分：小说与电视剧，就像隔山对歌的情人，但要想有合卺之喜，难度还大得很。

小说以清末民初修建沪宁铁路为由头，叙述世家子弟施嘉珉如何抢占先机，买地造桥，实施“运河攻略”，淘得第一桶金。在成为无锡一大暴发户之后，突然收山，为自己构建了一座收藏书画把玩古物的“经纬堂”，重新回到世家子弟的生活中去。是为半个冒险家。这个故事在今天仍然值得玩味。尤其令我动心的是它写活了吴地风情，蕴含着丰富的人生智慧。但电视剧不能照搬小说的叙事形态。我必须重新爬梳，从头打理。正挠头时，杨旭老哥一句“你放心改就是了！”给我吃了一颗定心丸。他的宽容大度，至今仍让我叹服不已。初稿完成后，徐慧征不甚满意。在南京林业大学外宾楼，她滔滔不绝，给我讲了几个小时吴文化，使我体悟了人的本性源于水，江南的一切都是水派生出来的。吴文化，说到底，就是水文化。而水文化又孕育了船文化，鱼文化，桥文化，茶文化，丝文化，竹文化，笔文化，紫砂文化，吴歌文化，评弹文化，昆曲文化。它应该成为水乡人的灵魂，全剧的灵魂。徐大姐的点拨，使我豁然开朗，一本大书在我眼前变得分外通透。我决意把“运河攻略”这条主线推到后面做背景，把主要人物如水的命运和情感历程立为主干，时时处处做足吴文化的氛围。对

效果比预想的好，这才引来了《半个冒险家》。

有了向梅，就成功了一半。

孙松也还是那么回事。

从吃奶坐牢到九岁被杀，小萝卜头让人欲哭无泪。

所以，我的定位是：一曲生命的悲歌。

于主人公施嘉珉身边的三个女人，不惜浓墨重彩地开掘、延展并推向极致。发妻季子从相夫教子到痛归扶桑，青楼相好花月明从赎身从良到削发为尼，船娘杜若从单思苦恋到为了救他而付出生命，终令他在失去所有爱他的女人之后，两手空空地回到人生的起点：他曾经十分痛恨并从那里逃之夭夭的“经纬堂”。

我很庆幸能与浑身散发着吴文化气息的罗冠群导演联袂合作。记得，去苏州西山探班遭遇了狂风暴雨。颠来荡去的摆渡船，随时都有倾覆的危险。好在到了剧组有花雕压惊，还有罗冠群浓胜于酒的友情。次日清晨，我才得以在山寺和水榭间流连低回，惊叹于这座比香港还大的太湖岛屿，竟然如此空灵淡定，充满禅意。罗导不负众望，用流畅细腻的视听语言，把吴文化渲染得淋漓酣畅，美轮美奂。成片后，央视和各省卫视先后播映了四年。我和罗导也成了好友。

与《半个冒险家》相比，《小萝卜头》称得上一生坎坷了。徐州台开车来请我，是带了尚方宝剑的。他们去南京请编剧，江苏台老台长徐慧征说，连云港有个周维先，为什么不去找他？你瞧，我的文学顾问一时一刻都没有忘记我。

除了小说《红岩》中的几百个字，关于小萝卜头，几乎是一片空白。既然是一部原创电视剧，我必须远离小说里的那几百个字。我到北京军博看了《红岩魂》展览。又去西安造访了小萝卜头的姐姐，到郊外的村子里寻找当年的旧居，还奔赴长安县拜谒了宋绮云夫妇和小萝卜头的陵墓。之后，在崎岖的山路上辗转颠簸于与苍山如海的贵州，把息烽集中营和重庆渣滓洞、白公馆看了个底朝上。在息烽，我请一个老汉带路，到大山丛中探寻关押杨虎城一家的那个山洞。问他要多少报酬，他说，只要让他的小孙子坐坐我们的车就行了。我的心顿时被撞了一下，撞得酸酸的，痛痛的。剧本成稿后，两年没有找到投资者和合作方。正巧小杭张罗着南下，要把本子带走，作为他到那里拍的第一部作品。对他，我当然一百个放心。后来小杭没走成，事情便又搁置下来。不久，一个独立制片人到江苏台找本子，电视剧部副主任刘旭东把《小萝卜头》推荐给他，才结束了待字闺中的命运。

请顾尔镡、徐慧征做文学顾问，是在完稿四年后的1999。那时，顾尔镡已沉疴在身。为了跟我面谈，他勉力爬到省人大宾馆三楼，脸色都变了。“老顾，你这是何苦？”“既然应了，就得又顾又问。”这就是他。那个立足《雨花》，把思想解放的旗帜举得高高的激进者。那个被当作资产阶级自由化活靶子的一代精英。那时，我曾带着一个电影剧本，私下里到公园路去看他。他几乎每一分钟都要嗝一口气。我想，他嗝的或许是鼓荡于胸中的不平之气呀！《小萝卜头》尚未开镜，他已卧病不起。我和徐大姐捧着鲜红的玫瑰去探视。他躺在客厅的沙发上，表情十分平和冲淡。我本希望，玫瑰能激活他生命的热情，能够再像峥嵘岁月那样叱咤风云。不料，他还是驾鹤而去了。他没有看到《小萝卜头》问世，没有捧上金鹰和飞天奖杯。首映那天，高晓声、赵本夫、王干、费振钟都来了，徐大姐也来了，只缺老顾。我为此唏嘘不已。这才是“山在，水在，石头在，人家都在，只有你不在”。可静夜枯坐，我还是时常感到，奖杯后面叠印着我景仰的老师高大魁伟的身影，一个披荆斩棘的先行者，江苏文坛上曾经呼风唤雨的铮铮铁汉。

无须独上云台，无须将栏杆拍遍，那不是你吗？此刻，正纵横捭阖，高谈阔论，意气风发，一如当年……

梅园夜雨　花开有声

梅园？周恩来？

我瞪大眼睛，深吸一口气，很不在状态地摇着头，完全是一副匪夷所思的样子。——那神情定格于1997年夏，南京中心大酒店，江苏台电视剧部副主任刘旭东请我出任《梅园往事》编剧的一瞬间。非要问为什么吗？一句话：非不愿也，实不能也！如此反复两个回合。最后，副台长凡兵亲自出马：老周，请你救救场！省委副书记顾浩要求9月开机，现在是7月中。周恩来百年诞辰之前必须出片，否则……他疲惫瘦削的脸上，挤出一丝苦笑。我还是摇头：这个忙，我实在帮不了。小杭在一旁悠悠地说，老周，我知道，你做得了。

时隔四年，我又一次看到，小杭的眼睛后面还有眼睛。那双眼睛的穿透力让我瞠目结舌，无话可说。它不仅入木三分，能发现你隐藏很深的潜质，而且会从从容容地驱使你义无反顾地走上畏途。如今，又一条山高林密的畏途横在我面前。我在他怂恿下忽忽悠悠被送了上去。因为我相信，他总是对的。我刚答应试试看，紧箍咒

《梅园往事》赶上了周恩来同志百年诞辰。

梅园往事里也还有一些往事啊！

就上来了：8 月 10 日出本子。好家伙，只有 20 天！在此期间，还要完成南京台电视剧部主任安源生的约稿。我不得不经历又一个高度紧张的炎炎夏日。为了不至于在连续的急行军中败下阵来，我很奢侈地用五个月的工资买了一台空调。凉快是凉快了，可周恩来怎么写，还是一片茫然。

那时，周恩来的一生几乎被写尽了，只有梅园尚属空白。写梅园，不能不写南京谈判。而谈判对手蒋介石，又是炙手可热的现代枭雄。两个决然对峙的中国顶级人物，搅乱了我的阵脚，让我如坐针毡，如临深渊，在凉阴阴的房间里出了一身又一身冷汗。写伟人如何规避神化平面化？写枭雄又如何告别脸谱化妖魔化？我怎么竟不知天高地厚，接受了如此艰难的双重挑战？事到如今，哪里还有退路？

只有硬着头皮拼了。谁知初稿出来后，中央重大题材小组居然表示认可。南京的专业人士则认为技巧圆熟，笔法老到，对马歇尔的刻画有新意，有突破。只是还没有让周恩来真正走下神坛。这一个“只是”，令我茶饭不思，愁肠百结，乖乖地留在南京梅园新村纪念馆，过了一个埋头书海遍查资料的中秋。

我一向以为艺术首先是表情的，达意当在表情中自然完成。到了伟人面前，为什么竟忽略了表情，而把说事儿放在了第一位？看来，我在战战兢兢中突出了“伟”，却在不意间丢掉了那落地生根的“人”字。

“少小离家，三十六年没回淮安祭扫了，我真是不孝呀！母亲坟头的白杨树已经长得很高了吧？”这是儿时玩伴挎着一篮子香油馓子来梅园叙旧时，周恩来发出的感喟。

……专机飞过淮安，周恩来令飞机飞得低些，再低些。无奈云层太厚，难以看到阔别已久的故土。他又一次扼腕长叹，百感交集，心存愧怍，唏嘘不已。

……在梅园的年轻人举行婚礼之后，他不禁想起当年在广州只有两个人的婚礼：“如果我们的孩子生下来，该有二十一岁了。说不定也在谈恋爱了。”邓颖超黯然泪下。周恩来这才发觉自己说走了嘴，立即抚慰妻子：“小超，是我的错。对不起，我怎么会？我答应过你，永远不提这件事，我今天这是怎么了？”

……与陶行知在南京重逢时，他诗人般地回忆起在重庆陋室促膝相对，作竟夜长谈的情景：“桐油灯噼噼啪啪地响，院子里紫藤花送来阵阵清香……那一切，好像就发生在昨天。”

——你看，亲情、爱情、友情使伟人周恩来立体了，鲜活了，人性化了。秘诀只在一个“情”字。试问，天下人孰能无情？有了人之常情，伟人与普通人便息息相通了。如此“私人化”的周恩来，在当时的影视作品中，尚不多见。开拍前，我与妻随剧组溯江而上，制片巫永俊安排我们住进了庐山上的“美庐”。那是当年蒋介石宋美龄的别墅。不知为什么，住在那个阴气很重的湿漉漉的房间里，总有些怪怪的感觉。扮演蒋介石的孙飞虎说，他一夜未睡，一口气读完剧本。他很喜欢。一则他终于当上了主角，二则蒋介石没有被程式化。他神秘兮兮地告诉我，蒋纬国曾派人探望他，称赞他演得好，

之后，我入选中国百佳。

大阪艺术家似乎阴盛阳衰。

司机出身的副议长成了我们的向导，怎能不一醉方休？

几可乱真，没有刻意丑化。从此，我成了他的侃友。一天，他突然说，老周，你的文笔不错，能不能帮我写一本传记？稿费一人一半。我可以买一台最好的电脑送给你！看来，“委座”在灯火阑珊处，蓦然发现了一个颇为合意的枪手。《梅园往事》于当年完成。周恩来 100 诞辰前由央视和江苏台同时推出。中央重大题材小组审片后留下五字评语：拍得很精致。中国十佳女导演虞志敏身手果然了得。这是我们在《百年梦幻》之后，又一次称得上默契的合作。

望断天涯　情归何处

鄂尔多斯，是我受伤最重的地方，也是我一生一世都回味不尽的去处。我曾背对故乡，把青春慷慨地泼洒在大漠草原长河落日之间，而它，也将最炽热的爱，最钻心的痛，一起刻在了我的心灵深处。它把我捧上云端七年，又一鞭子打入炼狱里七年。当我决然离去时，心中的情感早已绞成一团乱麻。我不知道究竟该爱它还是恨它？我更不知那些关于鄂尔多斯的记忆，该封存在密闭舱里，还是大笔一挥，一股脑儿彻底删除。孰料，关山遥隔的时日愈加久远，那迫使我丧尽尊严的痛，竟随着岁月的云烟一起散去，而令我魂不守舍的爱，却历久弥深。我不由自主地朝思暮想，鬼使神差地一次又一次重返鄂尔多斯——那个让我真正看到了生命活力的地方。在那里，我懂得了什么是率性和赤诚，什么是剽悍和仁厚，什么是至情至性和侠肝义胆，什么是狂野不羁和包容旷达。是啊，我的灵魂曾经在那个疯狂的年代里陷落，尔后，又不依不饶地在噩梦之后重新崛起。三十年过去了，纵然远在天涯，走近它的机会越来越少，我却把它

风沙滚滚的鄂尔多斯，成了我挥之不去的乡愁。

成吉思汗陵大气磅礴，雄踞漠野，已然今非昔比。

当作无可替代的精神家园。是的，哪里都无法替代。

1999年，我偕妻子，跟导演李路一起重返鄂尔多斯的时候，我已年过六旬。黄河上有了大桥，不用再乘船摆渡了。但是我宁愿颠簸于波峰浪谷之间，重温在大树湾在二河滩在三顷地，唱着悠长伤感的《王爱召》，与黄河朝夕相对耳鬓厮磨的感觉。上岸后，仍像1958年秋天那样，头枕行李等到夕阳西下，才被一辆风尘仆仆的卡车捎走，吭吭哧哧盘旋而上，摇摇晃晃驶向高原上银盘似的硕大无朋的月亮。哦，三十一年前独自踏上十里明沙的情景，回想起来意境实在很美。可谁知，当时我曾多么落寞多么无助。好在那阵子年轻，才二十一。即使在异乡漂泊，却依然心存浪漫，搜肠刮肚地寻觅流徙落魄中每一点诗意。现在，孤悬边塞的境遇已成笑谈，而弥漫于逝去年华的诗情画意，却令我回味无穷，喟叹不已。

到了东胜，最先看望的是文艺界劫后余生的老友。他们中任何一个人的故事都可以写成一本回肠荡气的好书。见到我突然归来，他们大惊小怪，呼朋唤友，端出奶茶、酪蛋、酥油、炒米，包了几种肉馅的饺子，又是喝，又是唱，亲热得像草原上红红的篝火。那些素昧平生的南京知青，听说家乡来人写他们的故事，纷纷请我畅叙。不仅中饭晚饭顿顿有请，就连早饭也派人作陪。记得，每次聚会都始于调侃说笑，祝酒歌、哈达、银碗一样都不能少。酒过三巡，便开始回首当年。不管如今是腰缠万贯的老板，还是忙于生计的草根，都会讲到泣不成声。在场者无不潸然泪下。几乎每个人都可以找到为青春一哭的理由。当我讲起“文革”中的遭际，我的老乡们也都泪流满面，与我同醉同哭。之后，我们驾着盟长的越野车，在没有路的阿尔巴斯草原深处，找到了李路的舅舅王强。他放弃了一个又一个进城南归的机会，与一位美丽温柔的蒙古族姑娘相爱相守了三十年。三十年，美丽早已不复存在，那女人的脸上却依然洋溢着爱的阳光。当王强最孤立无援的时候，姑娘在深井边回眸一笑，使他重新找回了生活的勇气。他冒冒失失上门求婚，发誓要爱到地老天荒。这个南京九中的高才生从此便全身心地融入天苍苍野茫茫的牧场，成了一个地地道道的荒原牧人。那夜，王强杀羊置酒，极尽地主之谊。李路默默无语，一直喝到烂醉。他说，他想为舅舅哭，但是不能。他唯一能做的是一醉方休。

2000 年从春到秋，我都沉浸在无法抑制的创作激情之中。以前的创作，要么奉上级之命，要么应朋友之约，而这部长篇的电视小说，不是要我写，而是我要写，完完全全出自内心的召唤。我万万没想到，内心的召唤竟会呼风唤雨，让你像着了魔似地跟着感觉走。于是我笔下一个来自南京的艺术家吴天然，与《盅碗舞》传人阿丽玛在阿尔巴斯草原的蓝海子边邂逅相爱了。在不平常的春天里，吴天然无辜获罪，押往新疆劳教，因食物中毒而被抢救。阿丽玛日夜兼程奔赴新疆，得到的却是恋人的遗骨。她带着遗骨回到阿尔巴斯，做出了惊世骇俗的举动：她穿上婚服与骨灰盒举行婚礼，又换成丧服为它举行葬礼。五年后，吴天然突然出现在她面前，他们一起逃到大青山上，度过了短暂的幸福时光。他们相约在兴安岭见面。“文革”中，黑线人物阿丽玛失去人身自由。吴天然在兴安岭度日如年。当她在大森林中找到吴天然的时候，时间又过了八年。她眼前的情人已经变成一个失忆的人。阿丽玛用往日的歌曲一唱三叹，帮助他一页一页翻开记忆的书本，终于在他们行将老去的时候，找回了所有往昔的回忆，也找回了刻骨铭心的爱情。

我相信，这是可以让天下人为之动容的旷世之恋，是许多人穷其一生不惜一切寻找的那种大爱。2005 年 7 月《扬子晚报》曾连载

在黄河边大树湾，我疑疑惑惑：这些老头老太是我的学生吗？

故地难以辨认，故人老了，依然笑容灿烂。

军人：先是学生，后来成了朋友。

多日，可惜删节太多，又在中途戛然而止，给许多读者留下了一头雾水。

2004 年暮春，我又一次走上了寻找大爱的创作旅程。江苏电视台原台长带着他的残疾儿子来连云港请我，希望我帮他儿子圆一个梦：搞一部残疾人题材的电视剧。显然，他给我出了个难题，而且是一道有些刁钻的偏题。此前，中国还没拍过一部以残疾人为主角的长篇电视剧。这个头可不好开。再说，有谁愿意茶余饭后看一群残疾人的故事呢？老台长找上门来，自是盛情难却。尽管有种种疑虑，我还是带着刚刚出院的妻子去了南通。在海安，我寻访了因车

著名影视影星联袂出演 残奥世界冠军何军权倾情加盟
打造一部残疾人的精品力作
LIANTONG
大型电视连续剧
花开有声
大型电视连续剧
花开有声
HUAKAI YOUSHENG
国语发音
中文字幕
二碟装
完整版
HDVD-9
单面双层
LT-1393
制片人：苏源 导演：小岛
主演：赵琳 舒畅 郭广平 何军权（残奥世界冠军）严晓频 于小慧 侯长荣 高英

祸落水，脊柱受损，多年来只能趴在床上工作的残疾人艺术团团长。他不仅把中国最早的残疾人艺术团搞得有声有色，还开了公司，创造了很好的效益。随后，我专程到江阴观看演出，在那里结识了失去双臂的青年演员。他用嘴叼着笔，甩着头，写出刚劲有力的大字“腾飞”后，朝我腼腆一笑，让我几乎控制不住即将盈盈而出的泪水。我注意到一个高挑身材的女孩替他搬运道具，体贴入微地为他擦去额头的汗水。原来，这个文静的姑娘是健全人。她和残疾小伙的恋情被发现后，父母与她断绝了关系。如今，她已怀有身孕。我问她，为什么会不顾一切地爱上他？她羞涩地笑笑，以沉默作答。就在那个夜晚，南飞的形象破壳而出。我浮想联翩，先后设计了卖血救母、卖身葬母、冲刺赛场记录等一系列情节，一下子激活了全局。我想，正是如今越来越稀缺的超越功利的人性之美，才使一群没有血缘关系的残疾人成为唇齿相依的亲人，他们用澎湃于心的大爱相濡以沫，铺就了一条不甘人后奋力打拼的人生之路。这条路和筚路蓝缕走在路上的人们，艰辛之极，坚忍之极，无畏之极，美丽之极。

在背靠狼山面对长江的紫琅山庄，我度过了 110 个心潮难平的日日夜夜。我被这一群肢体残缺但是灵魂丰盈的年轻人冲击着，激动着，激励着，升华着。从晚春一直写到早秋，《花开有声》方告完成。当年寒冬到次年初夏，又改出了二稿、三稿、四稿。2007 年 3 月央视在黄金强档热播并一再复播。网上的评论连篇累牍。一时间，弱势群体的生存状态成为人们关注的话题。

或许，这就够了。

我用独有的方式表达了对一个沉默群体深深的敬意。只是因为他们常常被忽略，被遗忘，被冷落，被歧视。但是他们终究不愿相信：自己只能是失败者。

应邀索契俄罗斯国际电影节。

开幕式上，邂逅《静静的顿河》女主角基里茵科。

行到水穷处　坐看云起时

自从那一年那一月那一夜的丑时，母亲把我送进生命之河，我就再也无法回头。在时间面前人人平等，不管你是皇帝还是乞丐。在流逝的岁月面前人人困惑，不管你是草根还是鸿儒。

你从哪里来？要到哪里去？困惑之余，难免发出这终极一问。而我，从能够感知爱的那天起，就开始俯首问心：爱从何来？直到草草一生匆匆走了大半，才从本源找到了答案：爱和我的生命相伴而来。它之于我犹如空气，须臾不能离开，却又看不见它的形状，不知它隐身在哪里。但我还是说不清，还是由不得问天问地，问世间情为何物？

当母亲垂暮之年梦见父亲又向她走来，她终于看到了那个延展着未了情缘的彼岸，连续几天水米不沾，反反复复用她自己独有的长调以歌代哭。我大为震撼，几乎不知所措。那在我的心灵深处无异于一次里氏八级地震。在激烈的震荡中，我恍然顿觉：人的肉体可以烧成灰烬，而爱不能。父亲虽已化作一缕青烟随风而去，爱却留了下来，留在母亲丰盈而又孤寂的灵魂里，时时都在等待再续前缘。

想起来，父亲的前半生还真有些传奇色彩。为了反抗包办婚姻，他曾在洞房花烛夜逃出宜兴，跑到苏州武备学堂上了骑兵科。辛亥革命时，他热血沸腾，加入陈其美率领的沪军，攻打南京天堡城。后来投到朱庆澜将军麾下。那时，我外公何枚生在哈尔滨任教育局长，他著作等身，与朱将军甚洽。朱将军便做了个大媒，使我的父亲周衡，一个囊中羞涩的革命军人，娶到了诗礼传家的名门闺秀，何枚生的掌上明珠何举。婚礼在哈尔滨江浙闽粤会堂举行的那天，万人空巷，商家歇业，一时传为佳话。记得，我父母那张泛黄的结婚照上，父亲穿的是电影中蔡锷那样的军装，筒形军帽高耸着一缕白鬃。每当我看到他那英武俊朗的形象，便不由得血脉贲张，生发出许多遐想。更有趣的是，婚礼上报出双方的生辰八字时，母亲才发现，这个年轻帅气的军人，年龄竟然比自己大了一倍：郎已三十四，而卿方十七。刚进洞房，她就昏了过去。父亲哪里敢声张，只得口对口呼吸，才救醒了新娘子。就在醒来的一瞬间，四目相对，爱意便油然而生了。在蜜月里，一个吹箫，一个唱歌，还常常乘着马车去听戏。我们这些现代人听到八十年前的这段浪漫逸事，都艳羡不已，啧啧称奇。

第二年，他们的爱情就结出了果实：在哈尔滨南岗，我的大哥绍先呱呱坠地了。六年后，在长沙刁楼子公馆，有了二哥绪先。又过了五年，在苏北东台码头上生下了我。我一出世，抗日战争就爆发了。几十年里，我们的家一直在漂泊之中。无论走到哪里，都是客居异乡。后来，我也成了一个不折不扣的漂泊者。在苏州十年，读到初二，又举家北迁，来到太子河畔的辽宁本溪。高中毕业，奔向远在长春的东北师大。师大四年级时，校领导取消了毕业实习和论文答辩，把我们吆喝到郊外修建新立城水库，顶着骄阳玩儿命，你追我赶地往大坝上挑土，直到累得大便都蹲不下身来，才宣布我们已在劳动中毕业。毕业于我，意味着又一次看不到地平线的漂泊。我被分配到最远最穷的内蒙古荒漠小城东胜，一待就是十六年。从二十一岁到三十六岁，那是怎样的年华呀！在那里，我做了我能做的一切，也承受了我无法承受也得承受的一切。当暮春的漫天沙尘使身边的一切黯然失色的时候，我在一片混沌中怆然四顾，陡然发现，我不过是一个茕茕孑立举目无亲的天涯客。我不知道，何处是归程，哪里才是我的故乡。

有人说父母在哪里故乡就在哪里。因为那里有永远的爱和无尽的牵挂。可在鄂尔多斯，我的情感世界几乎是一片空白。忽然有一天，有人告诉我，当我在公署礼堂排练、演出我发在《萌芽》上的散文的时候，有个姑娘不是站在侧幕边，就是坐在前三排。她是谁？“歌舞团的舞蹈《挤奶员之歌》看过吗？个子高高的，辫子长长的。记得不？”朱周夫妻俩非要安排见面。这个谈不成，又把电台的播音员介绍给我。两个都是好女孩：一个安静，一个热情。可单独坐在一起的时候，总是找不到话说。渐渐地就不来往了。

二哥是在爸爸弥留之际结婚的。那时，爸爸已被癌症折磨得形销骨立。他用尽最后的力气为他们祝福。那声音，只有趴在他唇边才能依稀听见。他一直在等待我的到来。可 1963 年盛夏的暴雨无日无夜地下，冲毁了铁路，使我不得不滞留在北京。父亲早就收拾好行装，准备跟我到北京日坛医院去接受治疗。医生看了他的片子和病历断然说，不要来了。来了，十有八九死在手术台上。当我终于回到家里，二哥的婚礼结束了。爸爸也在婚礼的笑声中悄然西去。他没有闭上眼睛。他在等我，等他的小儿子带他去首都最权威的医院。我辜负了他。我永远不能原谅自己。

我是老生儿。父亲最疼我。可我跟父亲在一起的时间很短很短。

老朋友敬酒，祝贺我七十大寿。

他把家安在苏州，自己却一年到头在上海忙这忙那。1950 年跟随绍先迁居本溪后，他便渐渐老去。除了忙家务，抱孙子，就是为他的儿子们自豪。作文比赛我得了全校第一，他自豪。打腰鼓我领头，他扛着孙子，追随游行队伍，一直到曲终人散还意犹未尽。1954 年我考上重点大学本科，他更是兴奋不已，一口气喝了很多酒。四年，仅仅四年，我就飞了。飞得很远，几乎很少回首。毕业后，儿子飞得更远，甚至落在了茫茫大漠之中。他去世后，母亲才告诉我，父亲每次送我上火车，回家后总是默默流泪。不知从何时起，他变得如此脆弱。当年投身辛亥革命的豪气早已失落在长长的岁月里。那时，他最大的心愿就是能看到我结婚生子。他让大嫂二嫂给我找对象。一会儿是天车女工，一会儿是团总支书记，都只有见一面的缘

总算可以过几天闲云野鹤的日子了……

分。当红领巾时代的同学任素斌，捧着我昔日送她的诗集《女神》，跟我结成百年之好的时候，父亲已走了整整一年。那天，全家在爸爸辞世的南屋吃的那一顿饭，成了我永志不忘的结婚典礼。席间，我不断地把目光投向爸爸的床，这才体味到“子欲养而亲不待”这句话的深意。我责问自己，为什么当爱已成往事，才从麻木状态中幡然省悟，才痛觉悔之晚矣？

那时，我唯一能做的事就是把母亲送到连云港。无法想象，她竟然能在锦屏磷矿工人村那样简陋逼仄的棚户区，安之若素，含饴弄孙，度过了满足而又快乐的二十八年。八十四岁那年，父亲重新在她梦中现身。往事的追怀，令她日复一日歌哭不已。她于八十八岁撒手西去，离去前两年，总算跟着我进了城，住上了市委大院的新房子。我把她的遗骨和父亲的衣冠合葬在青龙山上，永远留在了山海相拥的

2010 难以重现的家族聚会

亲人们，可记得苏马湾的碧海青天？

东胜神洲。这里也因此成了我的家乡。在这片古老的土地上，我生了两个儿子，儿子又生出两个儿子。创作了一部歌剧三部电影十余部电视剧，都是关于爱的作品。《夏之雨·冬之梦》是为老人，《早春一吻》《小萝卜头》是为孩子，而《花开有声》则是为残疾人。

逝者如斯，不舍昼夜。一觉醒来，我已成为老者。在岁月之河中沉沉浮浮的那些痛楚那些快慰那些愧悔那些爱恨，都已付诸东流。回首往事，一切皆成笑谈。浩叹之余，慨然自问：逝水之上，如何留得墨痕？

花落无言，人淡如菊。随着年华老去，我越来越心仪这不事张扬地流传了千百年的中国式人文情怀。人既然在啼哭中热热闹闹来到世间，自当于忙碌一生后，像一片黄叶无声无息落到地上，在了无痕迹的暗香中，回归大自然的怀抱，于无涯无际的宁静中，安享无时无空的大爱。

如此而已，岂有它哉！

2007.4.3 ~ 4.6 清明前后

8.10 改

8.28 再改